Helmar Neubacher

# PRINZESSIN DER HERZEN

– ein Drama im Spiegel der Galaxien

Roman

Helmar Neubacher, geboren am 06.04.1940, in Sakuten, Kreis Memel/Ostpreußen, damals Deutschland, heute Litauen

- – Studiendirektor i.R. und
- – Ing. (grad.) für Schiffsbetriebstechnik – Patent CI
- – Befahren der Weltmeere vom Ing.-Assistenten bis hin zum Leitenden Ingenieur
- – Universitätsstudium: Gewerbelehramt mit den Fächern Metall- und Maschinentechnik und Sozialwissenschaft mit Schwerpunkt Politische Wissenschaft
- – Anschließend Gewerbelehrer und Koordinator an Berufsbildenden Schulen und Fachseminarleiter am Seminar für Lehrer der Fachpraxis

Website: www.schaduf-book.de

**Bisher veröffentlichte Bücher:**

CHEOPS-PYRAMIDE
gebaut mit den eigenen BARKEN
ISBN-13: 978-3-8370-6236-6

Das RAD des PHARAO
ISBN: 978-3-8370-2310-7

VERMÄCHTNIS des HERODOT
zum Bau der CHEOPS-PYRAMIDE
Jahrtausende altes Mysterium gelüftet:
**100.000 Mann – Hydrostatik – 230 Steinhebemaschinen**
ISBN: 978-3-8391-1486-5

Website: www.pyramidenbau-aegypten.de

Helmar Neubacher

# PRINZESSIN DER HERZEN

## – ein Drama im Spiegel der Galaxien

**Roman**

Umschlag:
Entwurf und Gestaltung: H. Neubacher

Bildnis:
„Aphrodite" nach
Sandro Botticelli (1445-1510) – „Geburt der Venus"


**Bibliografische Information der Deutschen Nationalbibliothek**

Die Deutsche Nationalbibliothek verzeichnet diese
Publikation in der Deutschen Nationalbibliografie,
detaillierte bibliografische Daten sind im Internet über
http://dnb.d-nb.de abrufbar.


© 2011 Helmar Neubacher

Herstellung und Verlag: Books on Demand GmbH,
Norderstedt



*ISBN: 978-3-8423-5222-3*

.......... *eine von Millionen Sternenformationen in der unendlichen Weite des Weltraumes ..........*

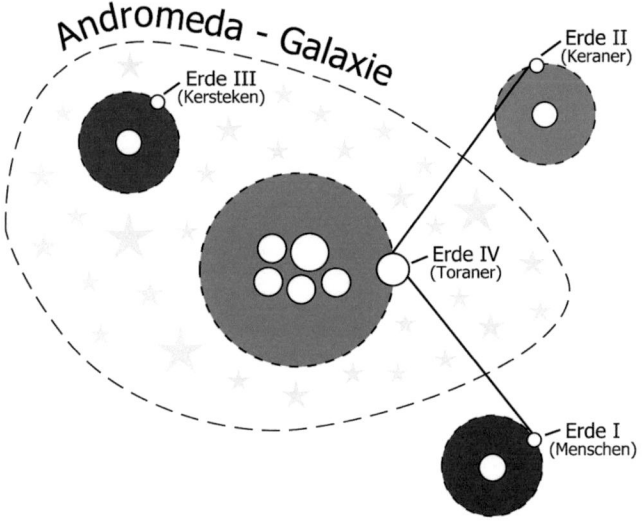

*Die »Andromeda-Galaxie« und die vier bekannten Erden – nach einer Idee des Verfassers*

– *Von Erde I oder Erde II zur Erde IV der »Toraner« beträgt die Flugdauer eines Raumschiffes über 2.000.000 Jahre, falls es mit Lichtgeschwindigkeit fliegt (300.000 Kilometer pro Sekunde)*

# 1

Heute ist Sonntag. Vater, Mutter und meine drei Schwestern Babs, Feni und Bru machen Ferien auf unserer »Datscha« – Datscha bedeutet nicht nur, dass wir ein Haus bewohnen, sondern auch ein 1000 Quadratmeter großes Grundstück. Mein Vater meinte auf eine Frage von mir nach der Herkunft dieser Bezeichnung, dass es sich um einen alten Begriff handele, der aus fernen Zeiten seines Wohlklangs wegen auch heute noch benutzt werde.

Grundstück ist an Grundstück gefügt – 1000 Stück. Alle Grundstücke bilden ein Quadrat, sodass unser Feriendorf am Ende auch nahezu aus einem riesigen Quadrat besteht. 20 % bilden die Grundstücke und 80 % ein großzügiges Straßensystem mit zwei Hauptstraßen in Form eines Kreuzes und vielen Nebenstraßen. In der Mitte befindet sich ein Beratungsthing – auch wieder so ein Begriff, den Vater mir in gleicher Weise erklärte – mit vielen Begegnungsstätten ringsum für die Dorfbewohner. Am Rande des Dorfes liegen große Parkplätze, auf denen die Reisefahrzeuge der Feriengäste abgestellt sind. Der Transport im Inneren des Dorfes geschieht auf ganz antike Weise – mit Hilfe von sehr bequemen Kutschen – sogenannten Landauern, die von einem oder zwei mittelgroßen herrlichen Pferden gezogen werden.

Die Entfernungen, die innerhalb des Dorfes zurückzulegen sind, sind kurz. Einzelne Fahrten dauern deshalb nicht sehr lange. Es gibt fünf Fuhrunternehmer, die gewährleisten, dass eigentlich immer kurzfristig ein Pferdegespann zur Verfügung steht.

Wir sind jetzt zwei Tage hier, und ich habe das Gefühl, dass die Ferien beginnen. Ausspannen, Zeit haben für

Dinge außerhalb des normalen Lebens – das wird mir klar in dem Moment, in dem meine Mutter eintritt mit den Worten:

*Immos Mutter auf Erde IV, der Erde der »Toraner«*

„Na, mein Sohn, ist dir auch nicht langweilig?"

„Nein, Mutter."

Und beim Klang ihrer Stimme wird mir bewusst, dass meine Mutter in den 7500 Jahren meines kurzen Lebens eigentlich niemals gealtert ist – nicht eine Nuance. Sie ist immer noch eine schöne Frau, obwohl sie bereits das Alter von 27.895 Jahren erreicht hat. Sie lächelt, wobei ihre vollen Lippen und ihre kleine Stupsnase besonders zum Ausdruck kommen, weil Lippen und Stupsnase etwas auseinandergezogen werden. Dabei funkeln ihre übergroßen runden wunderschönen Augen, die nun aber wegen des Lächelns aufgrund der zusammengezogenen Augenlider kaum zu sehen sind. Verglichen mit anderen Frauen ist besonders auffällig, das sanfte, freundliche Wesen meiner Mutter.

Jetzt öffnet sie die übergroßen braunschwarzen Augen mit den Worten:

„Ist Papa schon angekommen?"

„Noch nicht", antworte ich und mir wird in diesem Moment klar, dass meine eigene spätere Ehefrau nur so aussehen kann wie meine schöne Mutter.

Sie legt ein Täschchen ab, blickt auf eine Zeitanzeige und dreht dabei ihren äußerst harmonisch geformten Kopf. Von der Seite gesehen wirken nun ihre übergroßen runden Augen mandelförmig. Auch die Form ihres Kopfes kann ich jetzt im Profil bewundern. Dabei tritt besonders der nach hinten spitz auslaufende, haarlose etwas nach oben gerichtete Schädel in den Vordergrund des Betrachters. Nach unserem Schönheitsideal sind Haare regelrecht verpönt – das gleiche gilt für Ohren – auf beides können wir gut verzichten.

„So schön muss auch später einmal meine Zukünftige sein", wiederhole ich für mich in Gedanken.

Von draußen ertönt ein spitzes Gebell, verstärkt durch das Wiehern eines Pferdes.

„Mama, sie sind da!", rufe ich und eile nach draußen.

Papa sitzt noch im Landauer, während die drei Schwestern heranstürmen – doch allen voran Micky, der Liebling der Familie, ein kleiner Langhaarhund. Der zierliche Körper überschlägt sich fast, so groß ist die Freude des Wiedersehens mit meiner Mutter. Auch die drei Schwestern sind fast aus dem Häuschen, denn sie waren lange in Internaten und möchten sich nun der Mutter als gewachsen und teils auch erwachsen präsentieren. Besonders Babs und Feni, zwei eineiige Zwillinge, können gar nicht genug bekommen, die Mutter zu herzen – immer unterstützt von Micky, der seine Freude nach Hundeart laut mitteilt.

Dagegen hält sich die ältere Tochter, Bru, ein wenig zurück. Sie wirkt etwas schüchtern, obwohl sie sich auf dem besten Wege befindet, auch eine schöne Frau zu werden – ganz wie ihre Mutter. Sie betont bereits jetzt ihre schlanke Gestalt durch eine wallend fließende Pluderhose und eine übergroße Seidenbluse. Bei den Zwillingen ist das anders. Sie haben nichts zu verbergen; im Gegenteil, sie möchten alles zeigen, was sie haben. So ist es auch nicht verwunderlich, dass Minirock und Hotpants die überlangen Beine betonen – denn Mini und Hotpants sind wieder »in« und erfreuen sich besonders bei Teenagern zurzeit großer Beliebtheit.

Nun kommt auch der Vater. Für mich hat er nur ein

„Na, mein Sohn", übrig.

Dagegen betrachtet er die Mutter lange und eingehend, jedoch ohne sie zu küssen oder zu herzen – das schickt sich nicht für einen Erwachsenen und schon gar nicht für einen kommandierenden General des Heeres. Und was der Herr General da sieht, ist ja auch eine wahre Augenweide. Denn das, was seine Frau, allgemein »Mutter« genannt, vom Kopf bis zu den Füßen herunter unter ihrer schneeweißen Tunika verbirgt, ist schon vom Kopf bis zu den Füßen aller Ehren wert.

Man kann die bewundernden Blicke des Generals durchaus verstehen, denn unter der Tunika verbirgt sich haargenau der Körper der bekannten Filmschauspielerin Jayne Mansfield von der Menschenerde, die besonders für ihre üppige Oberweite bekannt war. Bei der Mutter finden wir diese Wunderfigur wieder, nur maßstabsgerecht verkleinert auf 95 Zentimeter Körpergröße. Auch der Vater ist in eine Art wallende Tunika gehüllt, allerdings in Samt und purpurrot. Die Vorliebe unserer Bevölkerung für elegant fließende Stoffe ist bei uns »Toranern« auf Erde IV – auch der stets sommerlichen Temperaturen wegen – der letzte Schrei, sodass Bekleidungsstücke aus der Antike sehr beliebt sind.

Purpurrot ist nur den Viersternegenerälen vorbehalten. Dazu passt auch das Rangabzeichen des Vaters – ein rotes Strichtatoo, von der Höhe der Augen über die Stirn laufend bis zum Ende des etwas eiförmigen haarlosen

Kopfes, zusätzlich gekennzeichnet durch vier kurze waagerechte goldene Balken.

Nach dem Begrüßungsritual ziehen sich die Frauen in einen eigenen Raum zurück, während Vater und Sohn in einer Art Konferenzzimmer Platz nehmen. Und wieder die Frage des Vaters:

„Wie fühlst du dich mein Sohn? Machst Du Fortschritte im Studium?"

„Ja, Vater, ich bin jetzt in der Klasse 795 und werde für die nächsten 205 Klassen weitere 1000 Jahre Kind bleiben. Ich will das Studienziel mit der Klasse 1000 erreichen und dafür das jetzige Lebensalter für den erforderlichen Zeitraum nicht verlassen. Nur mit der Unvoreingenommenheit eines Kindes ist es möglich, Erkenntnisse zu erlangen, die über das Wissen unserer heutigen Zeit hinausgehen!"

Lächelnde Anerkennung macht sich auf dem Gesicht des Vaters ob dieser altklugen Anmerkungen breit, dessen Mimik sonst durch so viel Ernst oft wie eingefroren erscheint.

„Sag Vater, was gibt es Neues auf den drei anderen Erden? Für die Zeit der Ferien habe ich im Fernsehen nur die Erdkanäle gebucht. Das Weltfernsehen interessiert mich nicht!"

„Das ist gut mein Sohn, denn wie ich von »Professor Mansi« erfahren habe, bahnt sich in einem Königshaus auf Erde II eine für uns überaus interessante Geschichte an. Mit der Wahl der Erdkanäle hast du dir offenbar einen passenden Zeitpunkt ausgesucht. Die Prinzessin eines dortigen Riesenreiches verzehrt sich in den Irrungen und Wirrungen von Kabale und Liebe am dortigen Königshof. Ich selbst bin wahrlich gespannt, wie sich das alles auflösen wird.

Erde II bietet uns damit ein Wechselspiel der Begierden, die bei uns schon lange der Vergangenheit angehören. Gerade das macht es so spannend für uns, trotz dieser urtümlichen Zustände. Zusätzlich brodelt es im Irak von Erde I, und es könnte auch dort zu einer überaus beobachtungswürdigen Entwicklung kommen: nämlich Krieg. Krieg mit allen für uns so geliebten und äußerst anschaulichen Begleitumständen – ein für unsere Zeit völlig ungewöhnlicher Vorgang."

# 2

„Vater, Immo, kommt essen", hören wir die Mutter rufen. Mit den beiden Worten

„Voller Freude", beantwortet Vater den Ruf der Mutter.

*Immo,*
*ein Junge auf Erde IV*
*– dem Planeten der*
*»Toraner«*

Eigentlich handelt es sich dabei um eine Floskel, die bei uns in allen Lebensbereichen angewendet wird – was natürlich hier sinngemäß bedeutet, dass Vater erfreut ist, die Einladung der Mutter zu vernehmen.

Weshalb ich »Immo« heiße, werden Sie, lieber Leser, fragen. Das ist eigentlich schnell erklärt, aber dennoch eine schöne Geschichte. Sie beruht darauf, dass Vater als Leutnant vor nunmehr 4600 Jahren Erde I – die Menschenerde – besuchte.

Dort baute an einem Riesenstrom mit Namen »NIL« das kleine Volk der alten Ägypter gerade riesige steinerne Bauwerke, die man später »Pyramiden« nannte. Vater war vom Wirken eines bestimmten Baumeisters mit Namen Imhotep dermaßen begeistert, dass er meinen ursprünglichen Namen »Sena« umwandelte in »Imhotep«. Für meine Schwestern war dieser Name viel zu kompliziert, sodass sie ihn irgendwann vereinfachten und ich fortan nur noch Immo genannt wurde.

„Immo komm, das Essen wird kalt!", fordert die ältere Schwester freundlich auf. Sie sitzt bereits mit den beiden jüngeren Schwestern und der Mutter an einem runden Tisch. Auch Vater und ich nehmen an einem runden Tisch platz. Runde Tische, runde Stühle, runde Häuser – rund ist fast alles bei uns. Da drängt sich doch der Gedanke auf, weshalb denn die Grundstücke rechteckig sind.

„Was gibt es denn heute?" frage ich neugierig. Zu sehen ist natürlich noch nichts. Die beiden Tischplatten sind völlig leer.

„Wir haben uns mehrheitlich für Thai-Essen entschieden", so höre ich die jüngste Schwester.

„Die Mehrheit hat wieder einmal entschieden", stelle ich fest, ganz so wie eine auf der Menschenerde vielfach favorisierte Regierungsform, auf die man dort noch heute sehr stolz ist. Ich selbst hätte viel lieber Hähnchensalat gegessen, muss mich aber in diesem Falle beugen.

Selbst, wenn von 100 Teilnehmern 49 die Minderheit bilden, sind sie immer die Dummen. Fast die Hälfte aller Beteiligten muss das tun, was die andere Hälfte beschlossen hat – und das nennen sie Demokratie. Da dieses System seit vielen Jahren wegen seiner Ungerechtigkeit bei uns geächtet ist, wenden wir es heute nur noch in den Familien bei der Essenswahl im Sinne einer altehrwürdigen Belustigung an – aber auch zum Gedenken an die eigene viel fortschrittlichere Entwicklung unseres Volkes. Denn auch wir waren merkwürdigerweise Jahrtausende lang davon überzeugt, dass immer die Mehrheit das Recht habe, der Minderheit Entscheidungen aufzudrücken. Dabei war es völlig egal, wie groß die »Minderheit« war.

Wer maßt sich schon an, zu beurteilen, ob nicht der Eine im Recht ist und die 999 von 1000 irren. Dies sei als Frage erlaubt.

Die Mutter plinkert mit ihren schönen Augen und urplötzlich erscheinen die leckersten Gerichte auf beiden Tischen. Tom Yam Gung, eine nach vielen Kräutern duftende süßsaure Suppe mit großen Garnelen, dazu Reis und viele kleine Teller mit verschiedenen Fleischstückchen in unterschiedlichen Soßen. Als Beilagen gibt es Cashewkerne, noch dampfende gekochte Erdnüsse, verschiedene gekochte und frische Gemüsesorten und Obst. Jeder hat Stäbchen, aber auch Löffel, Messer und Gabel.

Die Speisen sind mittelscharf gewürzt, so dass bei Bedarf mit Chili in einer Fischsoße oder trockenem Chilipulver nachgewürzt werden kann. Mit süß, süßsauer und sauer sind verschiedene Geschmacksrichtungen vorhanden – ganz so wie man es auch von einem originalen Thai-Essen auf Erde I, als Mischung aus chinesischer und indischer Küche, erwartet.

Die vier Frauen unterhalten sich angeregt über das äußerst schmackhafte, aber auch für den Betrachter durch die Vielfalt der Farben bestechende Essen. Auch Vater und ich müssen uns anerkennend äußern, wobei Vater bereits ein Rülpsen von sich gibt, was auf einen gewissen Sättigungsgrad schließen lässt. Zusätzlich ist allgemeines Schmatzen zu vernehmen, so wie man es von richtigen Thais auf Erde I her kennt. Erstaunt könnte man darüber sein, dass im Verlaufe einer Stunde die

14

Teller zwar leerer, aber mehrfach auch neu aufgefüllt werden – ganz so, als wenn Geister am Werke wären.

Eine Reihe von allgemein bekannten Geräuschen, wie Sprechen, Schmatzen, Klappern von Geschirr ist zu vernehmen. Die jüngste Schwester steht auf und macht eine moderne Musik an mit den Worten:

„Imm läo – ich bin schon satt."

Natürlich sprechen wir während unseres Thai-Essens die dazu passende Sprache. Das ist für uns ganz einfach, denn mit einem Gedankenklick können wir aus Tausenden von Sprachen und Dialekten anderer Erden die Sprache auswählen, die zum jeweiligen Essen passt.

Vater erläuterte mir einmal, dass er damals im Lande Ägypten auf Erde I gelernt habe, dass es für die dortige Menschheit mit geradezu lächerlichen 200.000 Jahren Entwicklungsgeschichte nicht ganz einfach sei, uns »Toraner« mit über 65 Millionen Jahren Entwicklung zu verstehen.

So findet unser herrliches Thai-Essen auch nur in unserer Fantasie statt – ausgenommen Tische und Stühle sind real. Die Speisen, das Geschirr und alle das Essen begleitenden Umstände sind lediglich Gegenstand unserer Gedankenwelt. Wir »Toraner« benötigen keinerlei Nahrung. So gibt es auch auf unserem Planeten niemanden, der hungert. Das Problem ist ein für alle Mal gelöst, ganz im Gegensatz zu den anderen drei Erdplaneten.

Wir besitzen in unserem sechs Kubikdezimeter großen Kopf eine geleeartige Masse, die alle Bewegungen unseres Körpers ausgleicht, sich aber eigentlich nicht bewegt. So haben beispielsweise starke Schläge oder gar Explosionen kaum Einfluss auf unser Kopfinneres. Dort im Zentrum befindet sich deshalb auch der sichere Ort eines nur einen Kubikmillimeter großen Hauptcomputers, über den jeder unserer Bewohner des heimischen

Planeten verfügt. Aus diesem Hauptcomputer beziehen wir alle wesentlichen Informationen. Er steuert quasi unser gesamtes Leben – unser Dasein im Großen wie auch im Kleinen. Dabei ist es egal, ob wir uns auf »Tora« befinden oder auf Reisen im All.

So findet man bei uns während des Thai-Essens alle Vorgänge und Gegenstände eines opulenten Mahls – doch eigentlich geschieht nichts, weil alles nur in unserer Fantasie stattfindet. Wir sehen Teller mit Gerichten, spüren Düfte, schmecken süß, süßsauer und scharf – und trotzdem ist nichts real! Nichts ist vorhanden! Und doch empfinden wir bei der Mahlzeit größtes Vergnügen, allein schon wegen der Unterhaltung in der Sprache »Thai«. Alle nötigen Empfindungen für süß oder sauer, für gut Schmecken oder schlecht Schmecken, für satt sein oder Hunger haben werden augenblicklich oder zeitversetzt aus unserem nur einen Kubikmillimeter großen »Hirn« abgerufen.

So sind auch Abwasch und Entsorgung von Essensresten nicht erforderlich. Der Vater kann somit nach zweistündigem gemütlichen Zusammensein die familiäre Runde auflösen mit den bereits bekannten Worten:

„Voller Freude.“

Die Mutter plinkert erneut mit den Augen, was zur Folge hat, dass beide Tische leer und sauber sind wie zwei Stunden zuvor.

Ein erneutes Augenplinkern und es erscheinen tolle Süßspeisen zum Nachtisch, wieder vorbestimmt durch Mehrheitsentscheid. Nur bei den Getränken, die nach Art unserer Kultur nach den Süßspeisen eingenommen werden, ist jeder einzelne frei in seiner Wahl. – Ausgenommen Micky, er bekommt nach Hundeart, wie seit Urzeiten bekannt, echte feste und flüssige Hundenahrung – ein Vitamin-Mix. Einen Verdauungsapparat, wie jene Organismen auf anderen Planeten kennen unsere

Hunde nicht, ihre Körper verströmen lediglich ein Aerosol, das auch noch sehr wohlriechend ist.

# 3

Es wird hier urplötzlich dunkel, und die Nacht bricht herein. Dazu klappt unser rundes Wohnhaus einen außen befindlichen Schirm wie die Blütenblätter einer Blume zum Schutz des Hauses zusammen, das anschließend komplett in der Erde verschwindet. Was am Tage zum Einfangen von Licht und Wärme dient, sorgt des Nachts als Isolator, damit sich das Haus wie eine Art Energiespeicher nur geringfügig seiner Wärme entlädt – denn des Nachts ist es draußen entsetzlich kalt.

Man könnte vielleicht erstaunt sein zu erfahren, dass unser Volk, trotz allen Fortschritts, Energie sparen muss – ein früher ganz und gar abwegiger Gedanke.

Drei von unseren fünf Sonnen, die wir innerhalb von genau 500 Jahren einmal umkreisen, beginnen zu verlöschen. So müssen wir das Licht der verbleibenden zwei Sonnen derart bündeln, dass all unserer Energiebedarf trotzdem gedeckt wird. Ganz im Gegensatz zu der Menschenerde sind unsere Wälder, Kohle-, Erdöl- und Uranvorkommen noch alle 100prozentig erhalten. Sie dienen als Reserve für einen Notfall, der hoffentlich niemals eintritt. Unser Planet ist vom Umfang her etwa 365 Mal so groß wie die Menschenerde, was dazu führt, dass unser Tag 365 Menschentage – also ein Menschenjahr – beträgt. In dieser Zeit drehen wir uns einmal um die eigene Achse – und zwar genauso wie die Menschenerde: in Richtung Osten.

Obwohl wir besonders die Bewohner der Erde I, die Menschen, aufgrund ihrer Rücksichtslosigkeit, ihrer

Gier und Egoismen manchmal hassen und geradezu verachten, haben wir auch mit ihnen eine ganze Reihe von Gemeinsamkeiten.

Auch wir, die Bewohner von »Tora«, schlafen wie die Erdbewohner gerne, obwohl es zur Aufrechterhaltung der vollen Leistungsfähigkeit unserer Organsysteme gar nicht notwendig wäre. Es handelt sich hier um ein Relikt aus fernen Zeiten, das wir in all den Millionen Jahren unserer Entwicklung weiter gepflegt haben, da es uns Wohlbefinden vermittelt. Wir lieben diese ritualisierten Abläufe, wie man sie ja auch von unseren Essensgewohnheiten her kennt – Gewohnheiten, die zum Fortbestand unserer Bevölkerung an sich nichts beitragen. Erkennbar wird dies auch bei unseren Bekleidungsvorlieben, die sich gerne an Vergangenem orientieren. Wir sind davon überzeugt, dass der nächtliche Tiefschlaf sich positiv auf unser inneres Wohlbefinden auswirkt. Verbunden mit dem Erlangen von innerer Ruhe gehen wir davon aus, dass sich ein zufriedenes Inneres auch positiv auf unser äußeres Erscheinungsbild auswirkt.

Die Nacht ist vorüber. Das Wohnhaus ist automatisch aus der Erde aufgestiegen und die großen, viele Meter langen »Blütenblätter« haben sich wieder entfaltet. Leider sind unsere Nächte in gewisser Weise »Tote Zeiten«. Während alle unsere Systeme abgeschaltet sind, befinden sie sich trotzdem in einem Zustand, der vergleichbar einem »Stand-by« ist. Wir schlafen also, aber schlafen wiederum auch nicht. Bedauerlicherweise können wir nicht einmal träumen. Das ist eine Fähigkeit, um die wir beispielsweise die Menschen sehr beneiden, denn die Fähigkeit zum Träumen ist uns im Laufe der Zeit vor bereits Millionen von Jahren verloren gegangen.

Urplötzlich ist es hell geworden, und wir treffen uns zu einem fiktiven Frühstück. Es gibt American Breakfast mit Eiern, Speck, Würstchen, Toast, Butter und Marmelade. Getränke wie Kaffee oder Tee und Orangensaft werden wieder nach dem Essen genossen. Gesprochen wird Englisch.

Vater beendet das Frühstück mit den bereits bekannten Worten:

„Voller Freude", und gibt Mutter damit das Signal, mit einem »Blick« die Tische abzuräumen.

Nun beginnen die Ferien für uns wirklich! Vater hat sich dazu ein Buch über »Alexander den Großen« kommen lassen. Es soll sich bei dieser Person um einen auf Erde I sehr verehrten Monarchen und Feldherrn gehandelt haben.

Vater möchte nach Menschenart ganz langsam lesen und dabei kriegerische Schlachtenpläne studieren. Natürlich könnte er auch die Inhalte von 100.000 Kriegsbüchern innerhalb einer Sekunde anfordern, lesen, verstehen und alles Wissen speichern. Doch er zieht im Urlaub die zuvor beschriebene langsamere Leseart vor – ein Genuss, dem wir »Toraner«, falls es die Zeit zulässt, gerne nachkommen.

Mutter wird zwei Nachbarinnen treffen, um über neueste Modetrends zu fachsimpeln.

Die kleinen Schwestern wollen mit vielen Mitschülern zum Ponyreiten.

Die Ältere beginnt sofort Kontakt aufzunehmen mit einem Schulfreund, bei dessen Namen sie jedes Mal ganz rot und verlegen wird, weil sie weiß, dass wir alle ihn und auch seine Familie kennen.

# 4

Ich selbst wähle Erdkanal II – die Erde der »Keraner«.
Sie liegt viele Milliarden Kilometer von uns entfernt,
und doch erhalte ich sofort ein gestochen scharfes Bild
– ein Fernsehbild, das über viele Zwischenstationen und
einige Schaltstationen auf anderen Sternen zum Emp-
fänger läuft.

Erstaunlich, denn es vergehen nur wenige Sekunden von
der Aufnahme des Bildes auf Erde II bis zur Sichtbar-
machung auf meinem riesigen halbrunden Plasmaschirm auf der »Toraner-Erde«, der ein absolut reales
und räumliches Bild liefert.

– Und da ist sie! –

»Aphrodite«, mein stiller Schwarm, sie, die den Inbe-
griff von Schönheit, Herzlichkeit und Güte in sich ver-
eint! – Und schön ist sie! Gerade mal 36 Jahre, eine
überaus schlanke, hoch aufgeschossene Gestalt. Ein
hellblaues enges Kostüm betont die mädchenhafte Figur, am Hals abgeschlossen mit einer gerüschten
schneeweißen Bluse.

Hochhackige Pumps lassen den schlanken Körper noch
ein wenig größer erscheinen. Ein schwarzsamtenes
Täschchen am linken Arm und ein gelblich seidenfarbig
schimmernder Strohhut mit großer nach unten geboge-
ner Krempe vervollständigen die hübsche Erscheinung –
wobei ein schleierartiges Tuch, das vom hinteren Rand
des Hutes auf die rechte Schulter fällt, das geradezu
ideale Bild einer »KÖNIGLICHEN PRINZESSIN«
vervollkommnet.

Bemerkenswert ist auch das etwas herbe Gesicht mit
blassem Teint. Im Mittelpunkt der gesamten Erscheinung stehen aber zwei strahlend blaue Augen, die nun
sichtbar werden. Das geschieht in dem Moment, als die

Prinzessin vor ein Rednerpult tritt, einen kleinen »Spickzettel« aus ihrem Täschchen hervorkramt und zu sprechen beginnt.

Die abgesetzte Sonnenbrille hält sie mit der rechten Hand ein wenig verkrampft und den »Spickzettel« mit dem Zeigefinger der linken. Die Spitze des Zeigefingers deutet wie ganz nebensächlich an, dass sie den Stichwortzettel eigentlich gar nicht braucht und ihn deshalb auch nur lässig mit der Fingerkuppe hält.

Bei der Sonnenbrille verhält sich die Geschichte schon etwas anders. Der Betrachter hat den Eindruck, als müsste sich die Prinzessin an irgendetwas festhalten – und dazu bietet sich auch eine Sonnenbrille geradezu hervorragend an.

Man vernimmt eine sanfte, angenehme Stimme, begleitet von einem freundlichen Lächeln. Merkwürdig, innerhalb kurzer Zeitphasen weicht Freundlichkeit auch ernsteren Gesichtszügen – ein Wandel, den man bei dieser Person eigentlich gar nicht erwartet.

Es geht um Spenden für Kinder in Hungersnot, wobei es der Rednerin gelingt, alle 320 Zuhörer in ihren Bann zu ziehen. Dabei fällt auf, dass die Prinzessin gar keine große Rednerin ist – und gerade das ist es, was alle Herzen höher schlagen lässt. Jeder erkennt, hier spricht kein Profi, sondern ein Mensch, ausgezeichnet mit unnachahmlicher Natürlichkeit und Bescheidenheit.

Dabei bewirken insbesondere kleine Versprecher, begleitet jedes Mal mit verlegener Rötung des blassen Antlitzes, beim Zuhörer eine unbändige Neugier auf das, was als Nächstes kommt.

Nicht umsonst fliegen dieser Person die Herzen ganzer Völkerscharen zu. Das wird wiederum ganz deutlich, als sie nach der kurzen Rede das Gebäude verlässt und in einer großen offenen Limousine Platz nimmt.

Einige hundert Menschen, darunter viele Kinder, sind gekommen, um der Prinzessin ihre Ehre zu erweisen, wobei sie alle bunte Fähnchen schwenken mit dem Slogan »Brot für hungernde Kinder«.

Zwei Bodyguards haben gegenüber der Prinzessin in der Limousine Platz genommen. Vier weitere männliche Personen besteigen zwei schwere Motorräder, um das offene Fahrzeug sicher zu geleiten.

Nahezu 100 Fotografen und mehrere Fernseh-Teams aus unterschiedlichen Nationen drängen sich dicht an die Limousine, um einen letzten Blick auf die Prinzessin zu erhaschen. Der Fahrer hat alle Mühe, Fahrt aufzunehmen.

Währenddessen winkt die Prinzessin ununterbrochen und dreht ihr Köpfchen geduldig in alle Richtungen. Erstaunlich, denn auch ihr Lächeln wirkt ganz natürlich – keineswegs gekünstelt oder gar professionell aufgesetzt – obwohl der gewaltige Trubel um das Auto herum sicher nicht ganz einfach zu ertragen ist. Dabei wirkt die Prinzessin keineswegs gestresst, sondern geradezu entspannt. Man hat den Eindruck, als würde sie das ganze »Drumherum« ihres Auftritts über alle Maßen genießen.

In all diesem Durcheinander, so wie es nun einmal nur Menschen verursachen können, fällt trotzdem ein kleiner dicker Mann auf, weil er besonders stark drängelt. Er hat einen Platz mit direktem Blick auf Aphrodite ergattert und sich dazu bis unmittelbar an die Limousine herangearbeitet. Um dieses Ziel zu erreichen, benutzte er Fäuste und Ellenbogen, sogar gegenüber Kindern – ein äußerst rücksichtsloser Zeitgenosse! Andernfalls hätte er wohl wegen seines geradezu geringen Körperwuchses gar nichts sehen können. Währenddessen fuchtelt er mit der linken Hand seines erhobenen Armes dauernd in der Luft herum, als wollte er anderen Personen irgendetwas mit Hilfe von Zeichensprache mitteilen. Mit der rechten Hand dreht er unentwegt an irgendwelchen Schaltern eines Gerätes, das sich unter der linken Brustseite seiner Anzugjacke befindet.

Sein aufgedunsenes rundes Vollmondgesicht ist knallrot. Der Schweiß läuft in Strömen vom Kopf herunter, über die Stirn in die Augen und weiter vorbei an der nicht mehr ganz vorschriftsmäßig gebundenen Krawatte – wie ein Bächlein am Hals in den Hemdkragen hinein.

Trotz der Wärme des heutigen Tages ziert ein dicker Filzhut seinen Rundschädel, eine Art Stetson, wie man ihn häufig auch bei Detektiven sieht.

Hunter, so heißt der Mann, hat alle Mühe seinen »Stetson« zu sichern, der schon einige Male bedenklich zur Seite kippte und dabei eine schneeweiße Glatze erkennen ließ.

Während Hunter immer wieder mit der gestikulierenden Linken seinen Filzhut gerade schiebt, spricht er unentwegt in ein Gerät ähnlich einem Mikrofon. Es wird von einem schwarzen Gummiband gehalten, welches nach Piratenart quer über das ganze Gesicht läuft. Es fehlt nur noch die obligatorische Augenklappe und vor uns stünde ein echter Seeräuber.

….. Sollte Hunter tatsächlich so etwas wie ein verdeckt arbeitender Polizist sein, was ich, Immo, bei der Beobachtung auf meinem Plasma-Fernsehschirm glaube, dann könnte man ihm zu seinem »Outfit« geradezu gratulieren, denn auffälliger kann man sich nun wirklich nicht tarnen!

Mein Vater, der hinter mir stehend auf den Übertragungsschirm schaut, kommentiert den Aufzug des kleinen Dicken ähnlich. Dazu lässt er sich zu einem amüsierten Lächeln hinreißen – ganz ungewöhnlich für einen Viersterne-General des fernen Planeten »Tora«.
…..

# 5

Hunter liegt auf Janina. Zum Takt des Hämmerns einer »heavy metal music« bewegen sich die beiden Körper rhythmisch in einem nicht enden wollenden Taumel von Lust und Begierde. Ein leichter Seim von Schweiß glänzt auf den zuckenden Leibern, betont die Figürlichkeit der beiden Liebenden.

„Du bist Erfüllung – du bist mein Glück", stöhnt die junge Frau unter Hunter,

„hör nicht auf", fleht sie. Und der Dicke denkt gar nicht daran aufzuhören.

Das ekstatische Zucken der Leiber steigert sich zu einem Stakkato, bei dem die Umwelt zu versinken scheint. Die schön geformten, gebräunten Beine der Frau bilden einen scharfen Kontrast zu dem weißen Körper des Mannes.

Die Liebenden bäumen sich auf, verharren kurz in einem letzten elektrisierenden Moment des Höhepunkts. Noch einmal ertönt die etwas belegt klingende Stimme der Frau, indem sie Hunter signalisiert, dass vor dem Kommenden alle Beschwernis, welcher Art auch immer, versinken wird.

Ihre Schenkel, sportlich, straff durch tägliches Jogging gefestigt, erzittern in einem letzten konvulsivischen Akt.

Der dicke Hunter verstärkt nochmals seine beinahe schon artistisch anmutenden Anstrengungen und in einem letzten, jetzt endgültigen Aufbäumen, einem kehligen ersticktem Aufschrei der jungen blonden Frau finden sie beide sich in einem kaum endenden Höhepunkt der Lust wieder.

Jedem Beobachter der Szene wird jetzt auch deutlich, warum sich diese beiden Menschen, so unterschiedlich von Gestalt, gefunden haben. Die Männlichkeit von Hunter ist so wohlgefällig von Größe und Umfang, dass Frauen, die solche männlichen Attribute zu schätzen wissen, den Kleinwuchs und die eher hässliche Anmutung des Dicken zugunsten der eigenen Luststeigerung gerne hinnehmen.

„Mein Liebling – mein Liebling", stöhnt sie und man kann nun verstehen, was sie an »ihrem Liebling« so begeistert.

Obwohl der Dicke ein ganz hässlicher »Vogel« ist, verfügt er über einen ganz und gar nicht hässlichen Penis – ein gewaltiges Gerät von 30 Zentimeter Länge und 7 Zentimeter Durchmesser, das immer noch in voller Größe »steht« – und gar nicht müde zu werden scheint.

Jetzt wird deutlich, weshalb sich Janina derart von dem Dicken angezogen fühlt. Sie streichelt zärtlich seine Männlichkeit. Der Dicke kann schon wieder, nachdem er die übergroßen und doch so festen Brüste der blonden Schönheit »betatscht« hat.

Das »Sexmonster und die Schöne«, könnte man dieses Pärchen nennen.

Begonnen hat alles vor nunmehr fünf Jahren. Hunters damalige Mitarbeiterin hatte sich bei einer Verfolgungsfahrt mit ihrem Motorrad totgefahren. Unter zehn sehr qualifizierten Bewerberinnen für die frei gewordene, gut bezahlte Stellung war auch Janina.

Zu einer Sichtung der Bewerbungsunterlagen kam es aber gar nicht: Die neue Partnerin von Hunter hieß natürlich Janina – allein ausgewählt wegen ihrer immensen Oberweite.

Dass die neue Mitarbeiterin auch über ein schönes Gesicht, lange wunderbare, nicht enden wollende Beine

25

und eine sehr harmonische Gesamtfigur verfügte, bemerkte Hunter erst Wochen später.

Intelligenz, fachliches Können, Fleiß und Beharrlichkeit bei allen anfallenden beruflichen Tätigkeiten mussten ja zwangsläufig automatisch vorhanden sein. Nach Hunters Menschenbild konnte das bei einer jungen Frau mit derart üppiger Figur auch gar nicht anders sein.

„Wir müssen los – morgen ist ein wichtiger Tag, und wir haben unseren Bericht noch nicht fertig", kommt die schöne Blondine auf Inhalte ihrer gemeinsamen Arbeit zu sprechen, um ihren Liebhaber auf andere Gedanken zu bringen.

„Einverstanden", wirft Hunter, so ganz wie nebenbei, als Antwort hin und beginnt sich anzuziehen. Sein zerknitterter brauner Anzug, das schweißdurchtränkte Oberhemd und die mausgraue Krawatte hängen fein säuberlich auf einem Stuhl. Auf einem zweiten Stuhl liegen wiederum fein säuberlich zusammengelegt Unterwäsche und Strümpfe – alles gehalten in knallgrün.

Hunter vermag trotz des Rauschens der Dusche nebenan das tiefe, zufriedene Durchatmen seiner Partnerin nach gestillter Lust nicht zu überhören.

Nun kommt sie heraus und schreitet mit ihren langen elfengleichen Gliedmaßen zum anderen Ende des Bettes. Hunter überkommt sofort erneut die Lust, was die Ausbeulung seines grünen Höschens nicht zu verbergen vermag. Er kann auch jetzt noch nicht den Blick von den riesigen, wippenden, ihn so erotisierenden Brüsten lösen, die im Vergleich zur zartgliedrigen Erscheinung des Körpers so über alle Maßen extrem groß sind.

Sie geht zu ihm hin, küsst ihm zärtlich die fliehende Stirn.

„Mein Dickerchen, erst die Arbeit, dann das Vergnügen", und schlüpft in ein seidenes Spitzenhöschen.

# 6

Roman, der Kammerdiener des Herzogs, klopft an die Tür.

„Bitte herein", und die Tür wird geöffnet. Die Zofe der Prinzessin Aphrodite fragt betont höflich:

„Was wünschen sie, Herr Roman?"

„Liebe Betsy, der Herzog äußert den Wunsch, die Prinzessin möge noch zu einem kleinen Aperitif zu ihm herüberkommen."

Und Roman gehen jedes Mal förmlich die Augen über, wenn er das »üppige junge Ding« sieht. In Gedanken beginnt er dann, sie sofort auszuziehen.

„Wir werden es ausrichten", und das »üppige Ding« entschwindet.

Kurz darauf sitzen sie sich gegenüber: Eheleute, die sich eigentlich nichts mehr zu sagen haben, denn das gemeinsame, z.B. das liebevolle Aufziehen der Kinder, findet nicht statt. Das übernahmen Lehrer und Erzieher – und wie man es bei den beiden Söhnen Franco und Alexander mit 15 und 13 Jahren erkennen kann, mit gutem Erfolg.

….. Immo fragt sich, sitzend vor seinem Plasmaschirm in der fernen Andromeda-Galaxie, was eine bereits erkaltete Liebe noch zu bieten hat – weshalb also zu so später Stunde noch ein Aperitif im Salon des Herzogs, ganz unmittelbar vor seinem Schlafgemach? …..

Beide sitzen sich gegenüber an einer schweren aus Rosenholz gefertigten und mit Schellack spiegelblankpolierten Tischplatte. Die Stühle verfügen über vergoldete Stuhlbeine und mit Samt gepolsterte Armlehnen. Auch die Sitzkissen sind aus Samt, in denen die beiden königlichen Personen förmlich versinken. Die Stühle sind höher als normale Stühle, angepasst der erhöht angeordneten Tischplatte. Im weitesten Sinne handelt es sich um eine sehr vornehme kleine Bar – eine Möbelanordnung, die man in einem königlichen Salon eigentlich normalerweise nicht erwarten würde.

Abgedunkelte Neonlampen erzeugen eine etwas »kalte« unpersönliche Atmosphäre trotz der wertvollen nur so von Edelholz strotzenden Saloneinrichtung.

Der Herzog trägt einen Morgenmantel mit samtblauem Revers. Die Prinzessin hat sich für einen Seidenmantel entschieden und eine Stola aus sehr weicher Wolle um den Hals gelegt, denn der Salon des Herzogs ist bekanntlich nicht gerade als warm zu bezeichnen.

Haben Bedienstete und Freunde noch Verständnis für die merkwürdige Ablehnung des Herzogs gegen alles, was wärmt – wie Feuer, Holz und knisternde Öfen, so ist man allgemein darüber verwundert, dass der zukünftige König eines großen Reiches Möbel liebt – königliche Möbel aus einem Land, das in vielen Kriegen Gegner des seinen war.

Seine Vorlieben gipfeln immer wieder in Palastgespräche bei der Dienerschaft, die hinter vorgehaltener Hand seine Marotten kichernd der Kälte seines Charakters zuschreibt – menschliche Kälte, die auch die Unnahbarkeit seines Auftretens und die schroffe Behandlung seiner Ehefrau erklärt.

„Wiederholt müssen wir zur Kenntnis nehmen, dass du dich daneben benimmst", eröffnet der Herzog das Gespräch.

„Trotzdem cheers", und sein Glas, gefüllt mit einem uralten »keranischen Whisky«, schlägt klirrend an ein Glas mit Mineralwasser.

„Was habe ich denn nun wieder Böses angerichtet?", fragt die Prinzessin irritiert zurück.

„Wir sind regelrecht erschrocken, in welcher Weise du dich in der Öffentlichkeit präsentierst", führt der Herzog die Unterhaltung mit seiner Ehefrau fort.

„Ich habe am Welthungerhilfstag doch nur für Geld geworben – das kann doch nichts Schlechtes sein."

„Schlecht ist das eigentlich nicht, aber wie du es machst, das erschreckt jedermann!"

„In den Zeitungen und im Fernsehen hörte man aber nur Positives – und 5 Millionen »keranische Pfund« [1] für die armen Kinder ist doch ein sehr sehenswertes Ergebnis."

„Das ist es ja, die ganze Welt spricht nur von dir allein, wohingegen die übrigen Mitglieder der Königsfamilie regelrecht an die Wand gedrückt werden – sogar die Königin wirkt wie völlig abgemeldet."

Der Herzog nimmt einen tiefen Schluck aus dem Whiskyglas, ehe er fortfährt.

„Es ist dir bekannt, dass du laut Ehevertrag nur für die Zeugung der Kinder da bist. Bei allen anderen Aktivitäten hat man dir strengste Zurückhaltung auferlegt!"

Der Herzog macht eine kleine Pause, um die Bedeutung des Gesagten noch weiter zu verstärken und hervorzuheben, um dann mit stark erhobener Stimme fortzufahren:

„Du bist ein Monster! Du »frisst« die ganze königliche Familie!"

Beide schweigen.

---

[1] *1 keranisches Pfund = 1 amerikanischer Dollar von Erde I*

Da bricht es urplötzlich aus ihr heraus:

„Ich bin am Ende! ..... Ich bin am Ende meiner Kraft! ..... Ich kann nicht mehr! ..... Das passiert jetzt schon zum wiederholten Male, dass du mich derart fertigmachst! Du degradierst mich in allem zu einer reinen Gebärmaschine, wovon doch zu Beginn unserer Beziehung nie die Rede war!

Mein Recht als Mutter hat deine Familie stets mit Füßen getreten, mir die Kinder genommen, mich ins Abseits gestellt, wie in einem Käfig eingeschlossen. Der mag zwar golden sein – aber Wärme, Zuwendung, mitfühlendes Verständnis habt ihr mir nie gegeben."

Die Prinzessin hat sich regelrecht aufgeschwungen zu einem Redeschwall – zu viel, allzu viel hat sich bei ihr im Laufe der Jahre angestaut. Sie nutzt die Stunde, um ihr Herz freizumachen und fährt fort:

„Der Kinder beraubt, der Liebe meines Lebens bestohlen, hast du all jenes vergessen und nicht eingehalten, was damals bei unserer Trauung vom Erzbischof mahnend gefordert wurde. Ich habe diese Worte in mein Herz geschlossen, wollte ihnen nachleben, aber du hast alles zerstört, indem du die Würde der Ehe, die Würde der Frau – deiner Frau – in den Schmutz trittst."

Wie aus einem Sturzbach schießen die Tränen aus den Augen und laufen in kleinen Bächlein die Wangen hinunter.

„Was soll ich nur machen? ..... Ich weiß nicht mehr weiter! ..... Ich bin so traurig!", schluchzt die Prinzessin, die Stimme kaum hörbar, fast wie erstickt.

Die Prinzessin hat ihre Würde verloren! Zusammengesackt, wie aller Körperkräfte beraubt, das Gesicht in den Händen vergraben – nur noch ein Häuflein Elend. Es besteht akute Gefahr, dass sie vom Stuhl fällt!

Eigentlich könnte man nun erwarten, dass der Herzog sein zerbrechliches Eheweib in die Arme nimmt und tröstende Worte findet. Vielleicht wäre sogar eine Entschuldigung denkbar mit dem Ziel des Vertragens.

Doch der Herzog denkt nicht an versöhnende Worte – »er legt noch einen drauf«. Es muss doch möglich sein, das »Frauenzimmer« jetzt so richtig fertigzumachen, ihr einen vernichtenden Abschlusshieb zu verpassen. Er holt tief Luft und nimmt erneut einen kräftigen Schluck Whisky.

„Man sollte dich aus der königlichen Familie heraus werfen. Du bist es wirklich nicht wert, eine der Unseren zu sein. Leider ist eine Scheidung nur schwer möglich, sonst hättest du schon längst dein Ticket ins »Nirvana«!"

„Ich bin am Ende! ..... Ich bin fertig! ..... Ich kann nicht mehr!", vernimmt man die Prinzessin mit ersterbender, kaum noch wahrnehmbarer Stimme. Sie gleitet kraftlos vom Stuhl, steht auf unsicheren Beinen.

Da! Die Beine geben nach – die Prinzessin stürzt zu Boden!

Sie hat offenbar kurzzeitig das Bewusstsein verloren. Von ihr kommt kein Laut.

Stille!

Auch jetzt greift der Herzog nicht helfend ein.

Sie, am Boden – wohl ein richtiger Nervenzusammenbruch!

Er, wie völlig unbeteiligt auf der anderen Seite der vornehmen Bar – Whisky schlürfend über sie hinwegschauend, ins Leere stierend.

Die Prinzessin kommt langsam zu sich, immer noch wie ein »Häuflein Elend« hilflos am Boden liegend – wobei sie sich langsam an den goldenen Beinen ihres Stuhles hochzieht, so dass sie nun mehr kniet als liegt.

Dem Herzog zugewandt hält sie mit den Händen das verweinte durch Kummer gealterte Gesicht. Sie sieht ihn traurig an. Etwas sagen kann sie nicht, vielleicht möchte sie auch nichts mehr sagen. Das ist auch nicht nötig, denn ihr Gesichtsausdruck sagt alles.

Plötzlich überzieht nicht zu übersehender Wandel ihr verweintes Antlitz. Ungläubiges Erstaunen verändert ihre Gesichtszüge. Es ist kein Hass, der sie bewegt, sondern Erschrecken darüber, dass trotz aller schon erfahrenen Demütigungen ihr Ehemann, der angehende Monarch, selbst zu solcher Niedertracht fähig ist – eine Niedertracht, die wirklich niemand dem geliebten Vorbild von Millionen zutrauen würde.

Die Prinzessin ist unglaublich enttäuscht von diesem Mann, zu dem auch sie jahrelang bewundernd aufgeschaut hat.

Ihr einen Dolchstoss nach dem anderen zuzufügen.

„Wann erfolgt der letzte, wann kommt der tödliche Stoß?", fragt sie sich, und ihr ganzes Inneres bebt – und als ob ihr Gegenüber Gedanken lesen könnte, bricht es aus ihm heraus und er versprüht Speichel wie die Kobra das Gift:

„Was ist nur aus dir geworden? Wo bleibt die stolze Prinzessin, deren Söhne einmal Könige werden sollen? Wenn dich so deine Verehrer sehen könnten! Geblieben ist nur ein unterwürfiger vor Kälte zitternder und um Liebe bettelnder Hund! Da bist du, wo du hingehörst: auf dem Fußboden liegend, wie ein räudiger winselnder Köter vor seinem Herrn!"

Die Prinzessin ist unfähig zu sprechen. Auch der Strom der Tränen ist versiegt.

„Er hat Recht: Ich bin tatsächlich nichts wie ein unge-
liebtes geschlagenes Tier – ein über alle Maßen gede-
mütigter Mensch."

Die Kräfte haben sie verlassen. Die Energie aufzustehen
und erhobenen Hauptes an ihm vorbei zu gehen – ganz
undenkbar – nicht einmal im Ansatz wäre sie jetzt zu
einer solchen Willensleistung imstande.

„Nur raus aus dem Raum! Weg von diesem königlichen
Monster!"

Sie kriecht auf allen Vieren, schleppt sich bis hinter die
geöffnete Salontür – beraubt aller körperlichen und
geistigen Energie liegt sie am Boden.

„Das ist das Ende", formt sich ein letzter Gedanke – und
die Prinzessin sinkt in eine tiefe Ohnmacht.

# 7

Hunter stolziert direkt an der Kaimauer entlang – betont lässig und unauffällig – einer, der um Mitternacht
nichts anderes zu tun hat als ladende und löschende
Schiffe zu beobachten. Es führt vom Kai eine Treppe
direkt ins Wasser und man hört das Plätschern der Wellen wie sie an die Treppenstufen schlagen.

Zurzeit ist es sehr dunstig und man kann nicht weit auf
das Wasser hinausblicken. Allein das links von Hunter
liegende mit großen Scheinwerfern taghell erleuchtete
Schiff blendet dermaßen, dass eine freie Sicht gar nicht
möglich ist. Trotzdem stiert Hunter aufs Meer hinaus,
wobei er abwechselnd mit der linken und rechten Hand
die Augen gegen das helle Licht der Schiffslampen zu
schützen sucht.

Während Hunter noch versucht, die Geräusche der Nacht einzuordnen, ist plötzlich ein kleines Boot da – ähnlich einem Miniaturrettungsboot. Man hat es gar nicht gehört und auch nicht herankommen sehen – es taucht aus den Dunstschwaden auf – es ist einfach da.

Der Steuermann schlägt einen kleinen Bogen und der hölzerne Bootsrumpf schrammt unüberhörbar an die untersten Treppenstufen.

Hunter setzt sich sogleich in Bewegung, geht die Treppe hinunter und steigt wortlos ein. Er weiß, es ist sein Boot: grauer Rumpf mit schwarzem Absatz der oberen Planken.

Es vergehen nur wenige Minuten Bootsfahrt und Hunter wird von dem »Mann ohne Namen«, so von Hunter heimlich getauft, in Empfang genommen.

Merkwürdig, denkt Hunter, jedes Mal findet dieses verdammte Meeting auf diesem erbärmlichen ausgedienten Walfänger statt.

Der »Mann ohne Namen« ergreift wie üblich helfend Hunters Hand, als dieser auf das nur einen Meter aus dem Wasser herausragende Schiffsdeck steigt.

„Aua!", schreit Hunter auf,

„müssen sie mir jedes Mal die Hand brechen?"

Der Blonde grinst, aber seine behandschuhten Pranken lassen Hunter erst los, als dieser sicher an Deck steht.

„Wie Schraubstöcke", murmelt Hunter und folgt dem 180 Zentimeter großen Muskelpaket, dessen T-Shirt bei jeder Bewegung zu platzen droht.

Beide gehen über das Schiffsdeck einige Meter nach achtern, dann über eine eiserne Treppe nach oben und schon sind sie in der Mannschaftsmesse.

Bezeichnend für diesen Raum ist ein riesiger ovaler Tisch mit vielen Stühlen für die Besatzungsmitglieder – eigentlich nichts Besonderes. Allerdings ist auffällig, weil völlig unpassend zur Ausstattung einer Mannschafsmesse, dass ein zwei Meter hoher und 1 x 1 Meter breiter Kasten – wohl aus Sperrholz gefertigt – neben dem Tisch platziert ist.

„Da, stell dich mal in den Kasten rein." Hunter befolgt zögernd die Aufforderung. Er hebt einen Vorhang, geht hinein und stellt sich kerzengerade hin. Dabei wird ihm bewusst, dass er doch mal eine Diät machen müsste, denn Bauch und Hinterteil stoßen beängstigend gegen das Holz. Da ist auch nicht ein Millimeter mehr Platz! Dann ein greller Blitz und Hunter erschrickt, wie jedes Mal, obwohl sich das Ritual stets auf dem Walfänger wiederholt.

„Komm raus", fordert der Blonde ihn auf,

„und lege deine Pistole, das Messer und das komische Gerät unter der Jacke ab."

"Was hast du denn da für`nen Gewehrkolben in der Unterhose?", und der Blonde grient.

„Wer hat, der hat", erwidert Hunter, ein wenig beleidigt, und sieht auf dem Monitor Pistole, Messer, Aufnahmegerät und …

„Na, so übergroß müssen sie »das Ding« ja auch nicht herausstellen", und Hunter ist doch einigermaßen erstaunt über die Schärfe seines »Besten Stückes« auf dem Monitor, der über eine Kamera Bilder aus dem Holzkasten aufzeichnet.

„Wenn die Fluggäste am Airport wüssten, was das Personal so alles zu sehen bekommt mit den neu entwickelten Körperscannern" – und Hunter wird ganz schlecht, wenn er an seine nächste Flugreise denkt!

Die Tür geht auf und eine Dunkelblonde mit glänzendem, schulterlangem Haar tritt ein. Hunter fallen förmlich die Augen aus dem Kopf.

Was er da sieht, ist geradezu umwerfend. Wenn er auch eher einen norwegischen Walharpunier erwartet hätte, so ist er doch auch mit der Erscheinung dieser jungen Frau zufrieden – überaus zufrieden.

„Nun hat sich der »Ausflug« doch gelohnt", so resümiert er ironisch für sich.

Die Dunkle setzt gerade an, zu sagen:

„Mr. Hunter, Mr. Gordon erwartet sie."

Doch die anfangs angenehme rauchig klingende Stimme kommt nur bis …

„Mr. Hunter …", danach folgt ein ungläubiges Stammeln:

„mein Gott", und wandelt die ursprünglich freundliche Einladung ab in ein fast lautloses aber doch irgendwie gehämmertes

„gehen wir!"

Hunter denkt: „Marilyn in Dunkel!" – und lächelt ganz verschmitzt über den Namen, den er der jungen Frau soeben insgeheim gab.

Sie denkt: „Unglaublich, was der kleine Dicke da zwischen den Beinen hat! Was für ein Prachtstück!" – und ist kaum imstande, den Blick vom Monitor abzuwenden.

Der Blonde grinst wieder als das ungleiche Paar die Messe verlässt.

Die Dunkle klopft an eine benachbarte Kammer. Eine Stimme sagt:

„Herein", die Dunkle öffnet die Tür, lässt Hunter eintreten und schließt die Tür wieder. Sie bleibt draußen.

„Setzten sie sich. Nehmen sie einen Drink?"

Hunter kennt das Ritual schon, denn er war bereits viele Male hier. Er öffnet die Tür eines fast zwei Meter hohen Kühlschrankes, bei dem man alle Getränke hinter einer gläsernen Tür erkennen kann. Hunter greift sich einen Whiskyflachmann, dreht den Verschluss ab, nimmt einen tiefen Schluck und sagt:

„Guten Abend, Sir."

Hunter bewundert, wie schon bei seinen Besuchen zuvor, die raffinierten Sicherungen für portionierte Getränke – kein Seegang vermag auch nur eine der vielen Flaschen zu zerstören.

Es gibt nur Getränke, geraucht und gegessen wird nicht. Es gibt auch keine Knabbereien, keinen Keks und auch keine Nuss. Hunter nimmt noch einen genüsslichen Schluck aus dem Flachmann. Während er

„Guter Tropfen", murmelt, mustert ihn sein Gegenüber amüsiert.

„Was gibt es neues Hunter? Was macht unser »Prinzesschen«?", er nennt die königliche Prinzessin immer nur »Prinzesschen« – ganz vertraulich – ganz so als wäre er der »gute Onkel«.

„Ich lege nun den 23. Bericht vor, Mr. Gordon", beginnt Hunter.

„Bei den ersten Auftritten war die Prinzessin unsicher, sie stolperte förmlich durch die Öffentlichkeit, fiel von einer Peinlichkeit in die andere. Radio, Fernsehen, die Illustrierten und besonders die Tageszeitungen witzelten. Das Königshaus lächelte selbstgefällig – regelrecht überheblich – stand haushoch über den Dingen. Dieses

Bild hat sich völlig verändert, geradezu ins Gegenteil verkehrt.

Die Menschen aus aller Welt reißen sich nunmehr um Bilder und Statements der Prinzessin. Das Volk hängt ihr förmlich an den Lippen – alle Menschen aus nah und fern vergöttern die junge Frau.

Das Königshaus steht nun nicht mehr hochmütig und unerreichbar oben – nein, es droht regelrecht von seinem festen Sockel herunterzufallen – man hört schon den krachenden Aufschlag."

„Na, na Hunter, kommt bei ihnen wieder der Psychologe zum Vorschein – die bekannte »Kreuzasskarte« des ehemaligen Obersten der Spionageabwehr?"

„Ganz richtig, Sir, das ist eigentlich der treffende Ausdruck für all das, was da in aller Öffentlichkeit passiert.

Es ist schon kein Spiel mehr, sondern tatsächlich ein psychologischer Sumpf auf allerhöchster politischer Ebene. Die anfängliche Ausgangssituation hat sich grundlegend verändert – **es mag kommen, was will:**

- sie mag sich versprechen oder verhaspeln
- Sachverhalte geradezu falsch darstellen
- zu spät zu Empfängen erscheinen
- sie mag dazu schwarz tragen, rosa oder auch gar nichts
- sie kann tun und lassen was sie will
- immer wird alles zu ihren Gunsten ausgelegt werden, denn sie ist schon jetzt so etwas wie eine »GOTTHEIT«, die die Menschen aufs Tiefste berührt.

Sie hat sich gewandelt und ist zum Vorbild geworden, das Millionen von Menschen Trost bereitet und Hoffnung gibt.

Auf der anderen Seite wird sie von ihrer eigenen königlichen Familie verachtet – für jedermann sichtbar – ja geradezu in den »Dreck« gezogen.

Daraus folgt: Unterdrückung hat schon immer Freiheitsdrang provoziert!

Und das Schlimme, hierzu fallen mir zwei Beispiele ein:

So wie der bekannte Freiheitskämpfer »La Mondena« die Menschen durch seinen von vornherein zum Scheitern verurteilten Kampf gegen eine übermächtige Regierung begeisterte, so wie der schwarze Pfarrer und Massenprediger »Christof Maria Solares« die Seele des Volkes traf, so erreicht die Prinzessin die Herzen der Menschen.

Obwohl sie eine gedemütigte Verliererin und auch nur eine Prinzessin ist, so ist sie doch schon zu Lebzeiten eine Königin:

»EINE KÖNIGIN DER HERZEN«.«

Hunter, der kleine Dicke, hat sich richtig in Rage geredet.

Man merkt, dass er nicht nur so daherplappert, dass ihn die beschriebenen Veränderungen im Laufe der Observation sehr bewegen, und er voll und ganz hinter dem Sachverhalt steht, den er vorträgt.

….. „Donnerwetter!" – Ich, Immo, an meinem Milliarden Kilometer entfernten Plasmaschirm bin völlig »aus dem Häuschen« – das hat wohl niemand diesem unscheinbaren Fettwanst zugetraut! Ich bin regelrecht bestürzt! Der Vortrag des Dicken hat mich dermaßen in den Bann gezogen, als würde ich nun in einer ganz anderen Welt leben. Ich befinde mich nicht auf »Tora«, sondern identifiziere mich regelrecht mit der armen gedemütigten Prinzessin auf »Erde II« – ich schlüpfe in den Geist ihrer Person und trage mit an dem Gewicht ihres unsäglichen Leides. …..

„Gefährliche Situation", führt Hunter seinen Vortrag auf dem Walfänger fort,

„gefährlich, weil unübersichtlich. Nicht durchschaubar und in seinen Auswirkungen auf die weitere Entwicklung nicht vorhersehbar.

Die Geschichte kann für alle Beteiligten nur in einer Katastrophe enden – es wird keine Sieger geben – nur Verlierer!"

# 8

Sie liegen langgestreckt auf dem riesigen Doppelbett. Auf die Ellenbogen gestützt schauen sie Bilder an, auf einem übergroßen Laptop.

»Die Schöne und der Lustmolch« wirken heute gar nicht so, wie es ihr vorauseilender Ruf andeutet.

Er trägt wieder eine viel zu große braune, zerknitterte Gabardinehose, aus der unten die bereits bekannten knallgrünen Strümpfe herausschauen – weißes verschwitztes Oberhemd, mausgraue Krawatte – bei dem Herrn alles nicht Neues!

Sie hat sich dagegen heute für einen Khakianzug entschieden, wobei die von dem Riesenbusen erzeugten Kräfte vom Inneren heraus bereits außen die Nähte der aufgesetzten Brusttaschen haben reißen lassen. Ein dunkler schlangengemusterter Ledergürtel betont die enge Taille und lässt ihr wohlgeformtes Hinterteil noch knalliger erscheinen – wahrlich, wahrlich, extrem weibliche Rundungen!

Hunter wirkt schon wieder abgelenkt, weil sie die vorderen Hemdenknöpfe geöffnet hat. Der Dicke schaut wie ganz unabsichtlich nach links. Der Blick in den tiefen Ausschnitt lässt die quellenden Berge nicht nur erahnen. Das Schimmern seiner Augen wandelt sich urplötzlich von scheinbar unbeteiligt in geradezu elektrisiert, betroffen: Die linke Brust wird förmlich herausgepresst – der Dicke schnauft.

„Was ist denn nur an unserer lieben Prinzessin anders?" fragt Janina und befolgt damit Hunters Aufforderung, den Gesichtsausdruck heutiger Bilder mit früheren Aufnahmen zu vergleichen.

„Tatsächlich", fällt es ihr plötzlich wie Schuppen von den Augen, nachdem sie die Fotos hinsichtlich der zeitlichen Reihenfolge gedanklich neu eingeordnet hat.

„Sieh mal die Bilder von vor drei Jahren und heute."

„Siehst du, was ich meine", entgegnet Hunter fragend.

„Ja, das ursprünglich herzlich wirkende Mädchenlächeln ist einem Ausdruck gewichen, der irgendwie auf Distanz gegangen ist. Erscheint sie damals noch vom Herzen heraus natürlich, so überwiegt jetzt ein wie aufgesetzt wirkendes Bild. Das wird auch belegt durch kleine Fältchen, die sich um den Mund herum gebildet haben – regelrecht eingegraben. Sie wirkt älter; die jugendliche Unbekümmertheit ist weg. Alles, was sie heute im Gegensatz zu damals macht, wirkt auch ein wenig berechnend – gepaart mit einer gehörigen Portion Trotz."

„Ja, unser »Prinzesschen« wird erwachsen – der gewandelte Gesichtsausdruck vermittelt aber auch die deutliche Botschaft:

»Ich wehre mich! Ich bin zwar einsam und nur eine schwache Frau, aber meine frauliche Schwäche wird auch meine Stärke sein!«."

Nach dieser überaus ausführlichen Bestandsaufnahme im beruflichen Bereich erfolgt geradezu ohne Übergang sofort der bereits bekannte privat-gemütliche Teil.

Der Dicke legt fein säuberlich Anzug, Hemd und Krawatte auf die Lehne eines Stuhles – die knallgrüne Unterwäsche und die Strümpfe kommen genauso sorgfältig auf einen zweiten Stuhl, den er sich mit dem Fuß über den gefliesten Boden herangezogen hat.

Ganz anders seine schöne Mitarbeiterin: Sie wirft ihren Khakianzug und ihr seidenes Unterzeug auf den Tisch. Obwohl sie eigentlich völlig ungeordnet vorgeht, bildet sich am Ende ein herrlicher fast pyramidaler, reizvoller Kleiderhaufen, dessen Spitze ein Körbchen ihres Riesen-BHs ziert.

Während sie nach dem Duschen völlig nackt zum Bett schreitet, kann der Dicke seinen Blick nicht von den seitlich im Bild schwingenden Riesenmonden abwenden. Er ist von diesem Anblick geradezu gefesselt.

Dabei muss er an seinen Physiklehrer denken, als dieser die Schwerkraft zu erklären versuchte. Wären damals die »Riesendinger« dieser schönen jungen Frau als Anschauungsobjekte zur Verfügung gestellt worden, hätten sicher alle 15 Jungen in der anschließenden Physikarbeit eine Eins geschrieben.

„Zu gerne würde ich den Physiklehrer heute hören, wie er das »perfekte Stehen« dieses Wunderbusens erklärt. Allein mit dem Begriff »Schwerkraft« wäre das sicherlich nicht möglich. Eigentlich müssten diese schwergewichtigen Fleischberge nach unten zeigen, aber nein, den physikalischen Gesetzen zum Trotz, »stehen« sie und weisen wie herrliche Birnen nach vorne – wobei sie bei jedem Schritt geradezu umwerfend wippen!"

Nun geht auch Hunter zum Duschen, wobei er sich verschämt ein großes Badetuch um den dicken Bauch geschlungen hat.

Das ungleiche Pärchen hat diese Absteige mit Bedacht ausgewählt. Sie liegt eineinhalb Autostunden von der Hauptstadt entfernt, regelrecht versteckt hinter einem kleinen mit einem Wäldchen bedeckten Berg. Nicht auszudenken, falls einer der 19 Mitarbeiter und Mitarbeiterinnen ihrer Detektei hinter ihr kleines Geheimnis käme. Alle wissen, dass beide seit Jahren erfolgreich in der Firma zusammenarbeiten – doch niemand ahnt, wie erfolgreich das Team auch im Bett alle anfallenden Probleme löst.

So war es auch nicht verwunderlich, dass jemand von Mr. Gordons Leuten zunächst den Kontakt zu Hunter über seine Partnerin herstellte. Hunters Detektei war Gordon seit Jahren als besonders erfolgreich bekannt, wobei sicher auch eine Rolle spielte, dass offizielle Geheimdienstkreise von der verdeckten Aktion keinen Wind bekommen sollten. Letztere waren auf Geheiß höchster Kreise herauszuhalten.

Es hatte nur ein einziges Treffen mit Gordons Mann stattgefunden. Genauso wie in einem Agentenfilm gab eine Stimme die Anweisung, in Zukunft Prinzessin Aphrodite genauestens zu beobachten und nur Mr. Gordon auf dem Walfänger zu berichten.

Während dieser Übermittlung saß Hunter bei leichtem Nieselregen auf einer Parkbank und ein Mann mit einer etwas krächzenden Stimme gab kurze prägnante Anweisungen. Die Zeitung, hinter der sich der Sprecher verbarg, löste sich trotz des Regens nicht auf – das »Ding« war wohl irgendwie imprägniert und stabilisiert – Hunter jedenfalls sah nicht eine Bartstoppel des Sprechers.

„Keine Aufzeichnungen! Keine Bilder länger als eine Woche behalten! Keinerlei Notizen aufbewahren! Tonbänder sofort nach Abhören zerstören!

Absolute Geheimhaltung! Absolute Geheimhaltung bedeutet, dass für sie und ihre Mitarbeiterin Lebensgefahr in dem Augenblick besteht, falls Informationen aus diesem Auftrag an Dritte gelangen sollten.

Keine Filme speichern!

Nehmen sie die Plastiktüte, die zwischen uns steht. Es, sind fünf Millionen »keranische Pfund« in gebrauchten Scheinen drin.

Es wird kein Bankkonto eröffnet! Ich benötige auch keine Quittung!

Sie brauchen auch nicht nach mehr Geld zu fragen. Sie werden überaus großzügig bezahlt. Transaktionen werden in Zukunft auf die gleiche Art wie heute abgewickelt!

Lassen sie das Geld für den Rest ihres Lebens in Mülltüten oder in Bankschließfächern!

Keine großen Ausgaben! Keine großen Anschaffungen!

Sie wissen als ehemaliger Spionageabwehrchef, dass die Nichteinhaltung meiner Anweisungen für sie und ihre Mitarbeiterin die sofortige Liquidierung bedeuten würde!

Viel Erfolg Mr. Hunter – ehrlich spielen ist angesagt. Ihre Tricks mit verdeckten Karten, wie sie Mr. Gordon aus der Vergangenheit kennt, sind hier bei Höchststrafe verboten. Wenn sie ihr »Ass« im Ärmel einsetzen wollen, dann nur in unserem Sinne und unter strengster Beachtung des Auftrags."

Der Mann erhebt sich, dreht Hunter den Rücken zu. Er faltet die nach Hunters Ansicht alberne Zeitung und steckt sie in die rechte Tasche seines Lodenmantels. Mit tiefkrempigem Hut und hochgestelltem Mantelkragen entschwindet der Informant im stärker werdenden Regen.

„78 kg, 179 cm, etwas verbogener Buckel, 55 Jahre, Ausländer", formuliert Hunter murmelnd eine kurze Personenbeschreibung – und legt die rechte Hand auf die übergroße Kaufhaustüte. Jeder soll sehen, dass die Tüte zu ihm gehört.

„Bin schon etwas verdutzt", gesteht sich Hunter,

„schon viel erlebt, aber dies ist wohl so eine Art Siegtreffer – ein Siegtreffer wie beim Vogelschießen!"

# 9

Der angenehme Sound des Boxermotors eines schweren Motorrads durchdringt die Stille der Nacht – ein überaus gleichmäßiges vertrauenerweckendes dunkles Brummen. Cremeweiß, mit viel Chrom und ohne jeden Kratzer frisst der Cruiser die Asphaltkilometer. Der hochgezogene Chopperlenker führt dazu, dass der Biker extrem gerade, »tief vergraben«, im bequemen großflächigen Motorradsattel sitzt.

In diesem Falle ist es eine junge Frau, die mit 90 Sachen durch die Dunkelheit braust. Die Straße hat eine ebene, motorradfreundliche Oberfläche und ist durch den starken Dreifach-Scheinwerfer hell ausgeleuchtet. Die Bäume rechts und links scheinen nur so vorbeizuhuschen, wie große Schatten, obwohl sie sich ja gar nicht bewegen. Wenn nur die Straße selbst nicht mit so entsetzlich langweiligen langen Geraden aufwarten würde – von Motorradfahrern wegen ihrer einschläfernden Eintönigkeit geradezu verhasst.

Nur in den zwei, drei Dörfern, die zu durchfahren sind, gibt es Kurven mit etwas Abwechslung der eintönigen Streckenführung.

Es ist Janina, gekleidet in einen schwarzen, engen Kombi aus dünnem Nappaleder – irgendwie in der Farbe passend zum hellen Motorrad. Knallroter Helm, übergroße Schutzbrille und armlange Stulpenhandschuhe vervollkommnen das Bild einer Bikerin, die den Eindruck erweckt, mit dem anspruchsvollen Gerät auch umgehen zu können.

Der fehlende Beifahrersitz deutet darauf hin, dass die Fahrerin gern allein auf dem »Bock« sitzt. Das schließt aber nicht aus, dass sie auch mal im Pulk mit anderen fährt.

Janina erreicht das Ziel, die bereits bekannte Absteige. Hunter ist schon da.

„Seine alte schwarze, klapprige Limousine sieht man gut, obwohl die Besitzer des Lotterbaus ordentlich mit Licht sparen", so geht es Janina durch den Kopf.

Hunter hat sie zu diesem Meeting per SMS aufgefordert. Das war gestern. Dazu sendet er jedes Mal einen Zahlencode, so eine Marotte, wohl aus seiner Agentenzeit. In diesem Falle lautet die Nachricht 3  48 – mehr nicht!

Die Bedeutung: Komme morgen – immer einen Tag später als die Nachricht – um 23 Uhr. Es gibt die Möglichkeiten 21, 22, 23 und 24 Uhr, wobei die Ziffern 1, 2, 3 oder 4 genügen. Eine Art Erkennungscode bildet die Zahl 48. Immer wird die Zahl des Treffpunktdatums – heute der Dritte des Monats – zum 45 ten Lebensjahr Hunters hinzugezählt.

Janina bockt die Maschine auf und tritt in das nichtverschlossene Haus. Ohne Helm und Handschuhe abzulegen, geht sie eine bequeme Treppe nach oben, klopft an die erste Tür und tritt nach einem unüberhörbaren

„Herein", ungehindert ein, denn auch diese Tür ist nicht verschlossen.

„Na, wie war die Fahrt?", fragt Hunter freundlich.

„Na, wie war dein Meeting mit Mr. Gordons Dunkelmann, haben wir den Auftrag?", kommt die Antwort in Form einer Gegenfrage.

„Geht alles in Ordnung, die Sache ist perfekt, wäre natürlich schön, wenn auch du ohne Wenn und Aber bei der Sache mitmachst", ergänzt Hunter wie beiläufig. Er wiegelt die Geschichte damit extrem ab und reduziert die Angelegenheit von »wichtig« auf »unbedeutend«.

„Hast du schon geduscht?"

„Na, der geht ja heute extreme Umwege, der Gute, kommt ja gar nicht zum eigentlichen Thema", denkt sie.

„Möchtest du vielleicht einmal ein ganz ungewöhnlich herrlich duftendes Wannenbad nehmen – so wie möglicherweise nur einmal im Leben?", meint Hunter grinsend über sein Vollmondgesicht.

Jeder andere würde mit Recht vermuten, »der Dicke« will ihr schon wieder an die »Wäsche« – nicht so die schöne Blondine. Ihr wird sofort klar, dass Hunter auf etwas Besonderes zusteuert.

So gut hat sie ihn schon über die Jahre enger und »engster« Zusammenarbeit kennengelernt. Er hat sie zwar schon mehrfach »auf den Arm genommen«, aber noch niemals richtig enttäuscht. Und das Blitzen in seinen kleinen Schweinsäuglein macht ihr deutlich, dass er da etwas wirklich Außergewöhnliches in seinem Hirn ausgebrütet hat.

Obwohl die Schöne noch keinesfalls erahnen kann, wohin »die Reise« geht, vertraut sie ihm in diesem Falle völlig – und das zeigt sie auch! Sie reißt Helm, Handschuhe, Bikerkluft herunter – fetzt förmlich die Seidenunterwäsche vom Körper und bildet den bereits bekannten pyramidalen Kleiderhaufen mit BH-Körbchen als Spitze – alles mündend in einen kehligen Aufschrei:

„Das Bad her – her mit dem Wunderschaumbad!"

Der Dicke stiert auf den Riesenbusen, wobei er sich wie schon so oft die Frage stellt, wie es denn solch gewaltige Dinger dem schlanken Mädchen gestatten, fast kerzengerade auf dem Motorrad zu sitzen, wie schon mehrfach mit ungläubigem Staunen beobachtet.

„Nun aber keine Ausflüchte mehr, her mit dem Duftbad", wiederholt sie nun fast bittend in leisem Ton. Sie hat dazu ihren Schmollmund zu einem O geformt und sich provozierend auf Zehenspitzen stehend vor ihrem Gegenüber aufgebaut.

„Komm Dickerchen, spann mich nicht so auf die Folter!"

Während sie spricht, greift sie Hunter mit beiden Händen von außen zärtlich an die Ohren und schiebt ihre riesigen Brüste gegen seinen Mund. Dem Dicken bleibt förmlich die Luft weg, denn links und rechts von seiner Nase schaukelt es gewaltig an seinen »Pausbäckchen«.

Unglaublich – Hunter bringt die Energie auf, sich aus der liebevollen Umklammerung der jungen Frau zu lösen, wobei er sich dicht hinter sie stellt.

„Au weiha", bemerkt er bestürzt,

„ich reiche ihr ja nur bis an die Schulter", und erhebt sich flugs auf die Zehenspitzen. Probleme lösen ist ja sein Aufgabengebiet – und bindet ihr einen Seidenschal vor die Augen. Die Enden des Schals führt er über beide Ohren und verknotet sie sorgfältig hinten über dem vollen blonden Haar.

„Mach es nicht so spannend, ich platze vor Neugier!"

Er ergreift mit der Rechten ihre Linke, öffnet die Tür zum Badezimmer. Beide treten ein, er zuerst. Nun führt er sie langsam zur Badewanne, hilft ihr das rechte Bein über den Rand zu heben. Sie steigt vorsichtig in die Wanne.

„Uhuhi –" ein spitzer Schrei, ein fremdländisch klingender Schrei. Warmes Wasser hat sie erwartet; doch womit ihre empfindlichen Fußsohlen nun Kontakt bekommen, fühlt sich so gar nicht wie Wasser an – und rutschig ist es in diesem Fall auch nicht wie allgemein bei Badewannen befürchtet.

„Setz dich – mach`s dir bequem!"

Sie ist überrascht, ja beinahe schon schockiert. Trotzdem befolgt sie widerspruchslos die Aufforderung, denn sie weiß, dass der Dicke niemals etwas Gemeines plant. Sicherheitshalber stützt sie sich, wie bei einem Wannenbad üblich, mit beiden Armen seitlich auf den Wannenrändern ab.

Während sie sich ganz langsam und behutsam setzt, raschelt es gewaltig unter ihrem schönen Po.

„Schluss mit der Verdunklung!", kommandiert der Dicke und löst den Knoten des Tuches.

„Was ist denn das?" fragt Janina einigermaßen bestürzt. Und während sich ihre Augen von Dunkel an Hell gewöhnen, schaut sie ungläubig an sich herunter und versucht zu realisieren, worin sie sitzt.

„Ein Bad in 50.000 Hundertpfundscheinen, viel Spaß mein Liebling!", sagt Hunter.

Das fällt sogar dem Dicken auf – noch nie hat er sie »Liebling« genannt.

„Mein Gott, tatsächlich fünf Millionen »keranische Pfund«", presst die Schöne nach kurzer Überschlagsrechnung mit erstickter Stimme heraus,

„ist das Ding perfekt?"

„Perfekt", antwortet Hunter, wobei ein gewisser Stolz als Unterton in der Stimme mitschwingt.

„Juchz, jauchz, horrido – tatsächlich das schönste Wannenbad in meinem Leben." Sie dreht sich, aalt sich, wirft tausende von »Hundertpfundnoten« über sich – sie strampelt dabei mit ihren schönen Beinen wie eine Besessene.

„Wie eine Glücksente in ihrem Geldspeicher", jubiliert sie in höchsten Tönen, indem sie auf eine Comicgeschichte Bezug nimmt.

„Nur, dass ich keine Glücksente bin, die mit einem einzigen »Kreuzer« beginnt – ich bin ein »Glücksmädel« und beginne mit Millionen!"

Sie legt jetzt eine Ruhepause ein, wobei ihr schöner Körper ganz und gar mit Geldscheinen bedeckt ist – nur das Gesicht schaut ein wenig hervor.

„Ist die Sache gefährlich?", fragt sie und ihre Stimme klingt ein wenig ängstlich, weil ihr natürlich klar ist, dass fünf Millionen Pfund auch einen Gegenpreis haben.

„Ja", erwidert Hunter, der auf einem Hocker sitzt, den er sich zwischenzeitlich geholt hat.

„Die Sache ist äußerst gefährlich!"

„Gefährlich, obwohl wir nur den Auftrag haben, die Prinzessin zu beobachten?"

„Es besteht Lebensgefahr", und zur Verstärkung untermauert er das Gesagte durch Wiederholung,

„äußerste Lebensgefahr für dich und für mich. Wir dürfen uns keinerlei Fehler erlauben!"

„Komm Dickerchen, lass uns duschen, dann kommst du auf andere Gedanken – bekommst auch eine schöne Belohnung!"

Klar, sie braucht ihn nicht zweimal aufzufordern. Wie ein gut erzogener Hund lässt er sich gerne »an die

Hand« nehmen und zur Dusche in den Nebenraum führen.

„Mein Gott", schießt es Hunter durch den Kopf, als habe er soeben gleich Einstein das Geheimnis um die Relativitätstheorie erkannt,

„weshalb haben wir nicht schon öfter gemeinsam geduscht?"

Während sein riesiges Männlichkeitsattribut wieder mal überall im Wege ist, wäscht sie ihn liebevoll mit einem nach Veilchen duftenden Schampoo. Über und über bedeckt mit Schaum reinigt sie fast genüsslich alle seine Körperteile. Sogar die Pobacken werden sorgfältig auseinandergezogen, um auch dort ungehindert den kleinen Fettmolch bearbeiten zu können. Auffällig ist, dass sie den speziellen Badeschwamm nicht massierend, sondern nur betont ganz leicht angedrückt, zärtlich streichelnd benutzt – Fußsohlen, Gesicht und Glatze werden berücksichtigt – nichts wird ausgelassen.

„Donnerwetter", murmelt der Dicke,

„was so `ne Wanne voll Scheinchen so alles bewirkt – eine zwar ganz neue, dennoch angenehme Erfahrung."

Nach einer guten halben Stunde schließt Janina die zärtliche Spezialbehandlung in dem Moment ab, als sie die allerletzten Schaumreste entfernt.

„Sorgfältiger kann man eine angefangene Arbeit nicht beenden", denkt Hunter.

In diesem Moment empfindet er seiner Partnerin gegenüber ein tiefes Gefühl der Dankbarkeit.

Geradezu mütterlich liebevoll, muss er sich eingestehen, wenn nur die eigene Mutter damals auch fähig gewesen wäre, in der Kindheit, ähnliche Gefühle zu erzeugen!

Soeben, unter der Dusche, fühlte er sich wie ein kleines schutzbedürftiges Kind – doch auch gleichzeitig sicher und geborgen – ganz anders als bei der herrischen eigenen Mutter, die auch niemals ein »Ohr« für das schon damals dicke heranwachsende Kind hatte.

Hunter wartet bereits im Bett als Janina, wie üblich, alles in Bewegung, alles wippend »heranschwebt«.

Obwohl nur die besagten Halbmonde wippen, hat Hunter das Gefühl, als wäre der gesamte Körper der jungen Frau in einer Art Schwingbewegung. Dabei fasziniert ihn jedes Mal der ungewöhnliche Gang – auf Zehenspitzen würdevoll stolzierend – die beiden Extremteile extrem nach vorne weisend. Dazu imponieren geradezu unnachahmlich die Rundungen des nach hinten durch das Hohlkreuz betont hervorgehobenen Pos.

„Wenn ich doch nur ein Maler wäre", denkt Hunter zum wiederholten Male und faltet dabei wie zum Gebet ganz unbewusst die Hände.

Sie kommt gleich zur Sache. Ein langes Vorspiel findet, wie auch sonst, nicht statt – wobei das gemeinsame Duschen auch eine Art Vorspiel hätte sein können, doch Sex stand, wie bereits erwähnt, in diesem Falle nicht im Mittelpunkt.

Sie küsst ihn, wie noch niemals zuvor, liebevoll zwar, aber wie eine Schwester es zu tun pflegt, auf den Mund.

Das anschließende, laut schmatzende Geräusch, erzeugt durch genüssliches Lecken und Saugen von Hunters Brustwarzen, ist dann schon weniger schwesterlich zu nennen.

Überrascht ist sie auch jedes Mal vom Zwergenwuchs des Hodens ihres Partners mit den kleinen unterentwickelten »Bachstelzeneiern«. Der Kontrast zu seinem Penis widerspricht allen ihren bisherig gemachten Erfahrungen mit früheren Liebhabern. Erstaunen und

Belustigung ob der wahrgenommenen Größenverhält-
nisse kennzeichnen ihr Mienenspiel.

„Wo kommt bloß die schier unerschöpflich große Menge an »Liebessaft« her?", fragt sie sich immer wieder –
für sie ein ungeklärtes Rätsel.

Nun küsst sie das unterentwickelte Hodensäckchen und
ihre vollen warmen Lippen bleiben dort ein wenig länger als eigentlich nötig.

Dann arbeitet sie sich langsam an dem bereits voller
Ungeduld zitternden Riesenschaft mit leichten spitzen
Bewegungen ihrer flinken Zunge in Richtung Spitze.

„Ganz so wie eine Katze," brummelt Hunter.

Oben angekommen verweilt sie wieder ein wenig.

Sie schmatzt unüberhörbar! – Der Dicke stöhnt ganz
ekstatisch.

„Wie das letzte Röcheln eines Sterbenden", denkt sie
und lächelt amüsiert darüber, wozu sie alles fähig ist.

Und der dicke Hunter lächelt auch – nämlich ob der
soeben erfahrenen liebevollen Behandlung und dabei
denkt er auch gerne an das gemeinsame Duschen zurück. In der Tat handelt es sich ja sogar um zwei »schöne Geschenke« und nicht nur um eines, das sie ver-
sprach.

Eigentlich sehr ungewöhnlich für Janina, dass sie auch
geben kann, wie soeben gezeigt. Normalerweise ist sie
mehr eine »Nehmende«, mit einem geradezu unersätt-
lichen egoistischen Liebeshunger – und wie recht Hunter
doch bei seiner Betrachtung hat, denn…

Nicht lange, und sie dreht sich auf den Rücken, klappt
ihre herrlichen Schenkel auseinander und öffnet ihren
Schoß. Der Dicke benötigt keine Extraaufforderung! Er
kommt herangekrochen, unbeholfen wie eine Schildkrö-

te. Sie verleibt sich das Riesending gekonnt mit den Händen ein, vorher geradezu überschüttet mit einem nach Lavendel duftenden Gleitöl. Das hat sie für solche Fälle immer griffbereit in Reichweite.

Sogleich beginnt ohne jeden Übergang ein Liebesspiel in der von Janina bevorzugten »Rückenlage«. In dieser Stellung empfindet sie allergrößtes Lustgefühl – allein auch deshalb, weil sie sich dabei so schön austoben kann. Hier kommt auch ihr »Ego« zum Ausdruck, wenn sie jedes Mal wie im Takt ihr prachtvolles Hinterteil heben kann.

Eigentlich könnte man nun erwarten, dass Janina aus Dankbarkeit für das wunderbare »Wannenbad« wiederum eine »Musik« anstimmt mit der bereits bekannten Melodie:

„Mein Dickerchen – stöhn – gib`s mir – stöhn – hör nicht auf – mein Hunter´chen – stöhn!"

Aber Nein! Was ist das? Ein ganz und gar anderes Lied und auch ein anderer Sound :

„Liebling, Liebling, mein zarter Junge, mein zerbrechlicher Schatz, gib's mir mein »Adonis«, nicht aufhören, seufz – die Hölle – der Himmel – seufz - stöhn!"

Was ist nur mit der schönen Janina?

Sie ist erstaunt über sich selbst, überrascht über den Schwall und die Intensität ihrer Gefühle:

Lässt sich vom Prachtpenis des Dicken verwöhnen – wähnt sich aber in den Armen ihres »Adonis«!

„Welch einen Mann ergäbe das!", geht es ihr ganz verklärt durch den kleinen Kopf und ihre Lippen formen die gedachten Worte:

„Mein schöner Jüngling, gerade eben 18, mit den gekräuselten Löckchen auf der Brust, dem feurigen Kussmund mit der unerhört flinken Zunge, dem vollen, wallenden bis auf die Schultern herabreichenden schwarz glänzenden Haar.

Wenn da nur nicht dieser jämmerliche, geradezu unterentwickelte Miniaturpenis wäre – gerade mal 7 ½ cm lang, in der Stärke vergleichbar einem dicken Strohhalm – Strohhalm ist der treffende Ausdruck, denn diesem winzigen Dingelchen möchte nicht einmal ein Ertrinkender begegnen wollen, wenn er »nach dem berühmten Strohhalm« greift!"

„Was für eine Enttäuschung!", fasst Janina ihr bisheriges Gedankenspiel zusammen.

**„Könnte man doch Menschen selbst erschaffen! Welch eine großartige Leistung, wenn man dazu in der Lage wäre: mein schöner Jüngling, gepaart mit dem nimmermüden Freudenspender des Dicken**

- **auf zur Sonne** – gleich einer alten Sagengestalt, deren Flug Richtung Himmel aber scheiterte

- der vor etwa 2000 Jahren geträumte Traum des Fliegens würde nunmehr wahr werden! – Welch herrliches Gefühl!

- und ich, Janina, das Kind aus einer abgelegenen, unterentwickelten Dorfprovinz

- ich, Janina, das gehänselte Mädchen mit dem dürren Körper, Storchenbeinen und abstehenden Zöpfen

- ich, Janina, dürfte heute, wohl proportioniert, den gut 2000 Jahre alten antiken Traum des Fliegens Wirklichkeit werden lassen

- auf einer Wolke schwebend, aufsteigend zur Sonne bis hinein in den blauen Himmel

»DEN SEXHIMMEL DER LIEBENDEN«!"

# 10

Auch mich, Immo, hat das gerade eben Wahrgenommene fasziniert, erschreckt und doch wieder mitgerissen. Vor meinem Plasmabildschirm, über 2 Millionen Lichtjahre vom soeben erlebten Geschehen entfernt, brauche ich einige Minuten, um mich von dem spannenden Erlebten fortzureißen. Dabei gab es viel Sex, von dem ich vieles noch nicht verstehe, denn ich bin, wie schon erwähnt, so programmiert, dass ich weiterhin Kind bleibe. Es wäre praktisch nur »ein Schalter« umzulegen, und ich könnte in die Welt der Erwachsenen eintreten.

Wenn ich auch noch nichts von der Technik des Liebens verstehe, so muss ich doch lächeln bei dem Wunsche der schönen Janina, das Pracht-Körperteil des Dicken auf ihren Jüngling zu übertragen.

„WENN JANINA WÜSSTE!"

Was bei ihr auf Erde II noch ein unerfüllbarer Zukunftstraum ist, wird bei uns bereits seit Millionen von Jahren praktiziert.

So ist es auch unseren zur Erde II entsandten »Spähern« nicht entgangen, dass gerade der dicke Mr. Hunter über einen Prachtpenis verfügt. Bei uns auf »Tora« ist Sex die natürlichste Sache der Welt und ein Penis in der Qualität des Dicken entspricht dem Wunschpenis von Millionen unserer Männer. Alle Organe, wie Herz, Lunge, Nieren usw. lassen sich problemlos auswechseln. Das Gleiche gilt für alle Gliedmaßen wie Beine, Arme, Hände und auch das »besagte Stück«.

So gibt es den Penis des Dicken in ursprünglicher echter Lebensqualität schon in allen bei uns bekannten Kaufhäusern. Er löst gerade auf der Skala der Beliebtheit den Penis des Casanovas von Erde I ab. Auch Vater hat bereits das Prachtstück des Dicken, eine lebensechte Kopie und auch Mutter ist ganz begeistert.

Dazu haben wir unser Liebesspiel noch ein wenig perfektioniert: Wie bekanntlich bei den extremen Körpermassen der Elefanten die Natur nachgeholfen hat, so haben auch unsere Konstrukteure auf »Tora« weiter gedacht. Ganz so, wie der gewaltige Penis des Elefantenbullen dem Geschlechtsteil der Kuh zielstrebig entgegenzittert, ohne dass sich die gewaltigen Tiere bewegen, so zittert der Penis auch bei unseren Männern.

Und zusätzlich ist es so, dass unsere Männer täglich so viele Male Sex machen können, wie sie und ihre Partnerinnen es wünschen. So brauchte Vater nur für eine Minute ins Kaufhaus – während Mutter zahlte, war der alte Penis bereits durch den neuen ersetzt. Alle Körperteile lassen sich innerhalb von Sekunden auswechseln und sie erscheinen immer willkommen, denn sie werden niemals vom Immunsystem abgestoßen, so wie es leider früher einmal der Fall war.

Auch die außergewöhnlich schöne Figur der Janina ist bei uns seit Kurzem im Angebot. Dabei ist es dann aber, wie bereits erwähnt, üblich, den echten Körper der Janina proportional auf unsere heutige 95 Zentimeter Frauengröße herunter zu rechnen und somit die jeweils gewünschten Körperteile anzupassen. Nur der Kopf bleibt in seiner Form und Größe erhalten, wobei natürlich der Hauptcomputer einschließlich des installierten Nebencomputers ausgewechselt werden kann.

Janina und Hunter wären wohl über alle Maßen überrascht zu erfahren, dass sich bereits über eine Million Männer für den Hunterpenis entschieden haben und seit Monaten voller Stolz damit herumlaufen – allerdings, auch hier, unserer Körpergröße maßstabsgerecht angepasst.

An unserem Körper ist somit unterhalb des Kopfes alles problemlos auswechselbar, deshalb könnten wir aufgrund eines geradezu unerschöpflichen Reservoirs an hochwertigen Reserveteilen auch unendlich lange leben – zumindest theoretisch.

Doch in der Praxis ist es merkwürdigerweise so, dass uns etwa im Alter von 85.000 Jahren der Lebensmut verlässt. Wir hören dann ganz einfach auf zu atmen, und nach ein paar Stunden tritt auch bei uns der Tod ein. Dieses plötzliche Aussetzen des Lebensmutes ist eines der wenigen ungelösten Rätsel unseres Daseins.

Der einen Kubikmillimeter große Hauptcomputer wird dann in eine neugeborene Person eingesetzt. So wird auch die verstorbene Person »wieder geboren«. Damit findet die Lehre Buddhas, die auch wir seit 2400 Jahren neu eingeführt haben, ihre Erfüllung.

Grundsätzlich kann bei uns jeder glauben, an wen er will und was er will. Weil dieses Privileg nur durch die Heilslehre Buddhas jedem Gläubigen ausdrücklich zugestanden wird, darf angenommen werden, dass der Buddhismus – genauso wie einst auf Erde I – auch bei uns seinen unglaublichen Siegeszug weiter fortsetzen wird.

Jeder darf zu Buddha kommen, wenn er es möchte – jeder mag aber auch zu einem anderen Heilsbringer gehen, wenn er es denn will. Diese nirgendwo anders propagierte Toleranz trifft insbesondere bei einem intelligenten Volk wie dem unseren auf offene Ohren.

Auch Jesus in einem berühmten Buch sagt: „So du an mich glaubst, wirst du neben mir im Himmel sitzen". – Doch was ist mit den anderen, die nicht an ihn glauben? – Hat Jesus sie vergessen? Sind sie bei Jesus nicht willkommen? Warum denn all die vielen Strafandrohungen im heiligen Buch dieser Religion auf der Menschenerde?

# 11

Heute ist für alle »Toraner« ein ganz besonderer Tag. Raumschiff XW 75254 kommt von seiner Reise zurück.

Es ging durch ferne Welten, Galaxien, vorbei an Milchstraßen und durch dichte Sternennebel. Da das Schiff in kurzer Zeit schier unendliche Wegstrecken zurückzulegen hatte, musste es auch nahezu unendlich schnell sein.

Obwohl unsere Funksignale Millionen von Kilometern in einer Sekunde zurücklegen, könnte man meinen, mit dem Raumschiff ginge es genauso schnell. Das ist aber leider nicht der Fall. Es sind auf solch einer Reise viele Hindernisse zu umfahren, eine Kollision mit großen Flugobjekten ist unbedingt zu vermeiden. Die aufeinander treffenden Massen wären einfach zu groß – die Vernichtungsenergien zweier aufeinander prallender Körper könnte man nicht mehr beherrschen.

Im Laufe von gut 200.000 Jahren unserer Entwicklung erreichten wir damals den körperlichen und geistigen Standard der heutigen Menschen auf Erde I. So waren wir zu jener Zeit ziemlich genau so klug, aber leider auch genauso dumm wie die Menschen heute 2011. Auch wir hatten etwa zeitgleich unseren »Einstein«, unseren »Newton« und unseren »Atombomben-Oppenheimer«. Nur einen »Wernher von Braun« gab es bei uns noch nicht. Vergleichbare Gestirne wie Mond, Jupiter und Mars erreichten wir erst viel später. Unsere Entwicklung verlief aber in vielen anderen Bereichen, bis auf Nuancen, völlig ähnlich der Menschheitsgeschichte auf Erde I!

Doch bald erreichten auch wir solche Himmelskörper, andere Planeten und auch Sterne.

Aufgrund eines gewaltigen Entwicklungssprunges in unserer Evolutionsgeschichte konnten wir dann alsbald auch ferne Sonnensysteme ansteuern. Dazu war es aber nötig, Reisegeschwindigkeiten im Weltall zu realisieren, die vielen Millionen Kilometern pro Sekunde entsprachen.

So werden auch die Menschen auf Erde I irgendwann ihre Physikbücher umschreiben müssen. Die Aussage, wie heute überall zu lesen, dass das Licht mit seinen 300.000 Kilometern pro Sekunde die maximal erreichbare Höchstgeschwindigkeit darstelle, stimmt natürlich schon lange nicht mehr.

Zu bedenken ist dabei auch, dass unser kugelförmiges Raumschiff, mit seinem 10 Kilometer großen Durchmesser nicht gerade als klein zu bezeichnen ist – immerhin entspricht dieser Wert der Entfernung von Laufkilometer 0 in dem Ort Hörnum bis Kilometer 10 in Rantum auf der Insel Sylt. Projiziert auf die Kreisfläche des Durchmessers könnte man die gesamte deutsche Stadt Buxtehude von der Menschenerde mit ihren 76,5 Quadratkilometern hinein stellen.

Eine weitere Hilfe bei der Vorstellung einer 10-Kilometer-Kugel mag auch der Vergleich mit einem Riesenschiff sein. So entspricht der Außendurchmesser 22 Schiffslängen à 458 Meter des größten jemals gebauten Seeschiffes auf Erde I – der »Knock Nevis«, ehemals »Jahre Viking« benannt (bereits abgewrackt).

Die Größe des Rauminhaltes mit 523 Kubikkilometern ist den Bedürfnissen der Besatzung, dem Technik-Equipment und der Lagerungsmöglichkeit für einige kleinere Satelliten-Flug-Schiffe angepasst – ein wahres Wunderwerk an Technik – als Produkt der insgesamt 65 Millionen Jahre währenden Entwicklung unseres Volkes.

Wie dieses Raumschiff im Stande ist, in nur 600 Menschenjahren die gewaltige Strecke von Erde I oder Erde II zur Andromeda-Galaxie zurückzulegen, beabsichtige ich später einmal zu erzählen. Eines sei aber schon hier gesagt:

So, wie es sich beispielsweise der Erfolgsautor (Erfolg bezogen auf verkaufte Bücher) Erich v. Däniken – von Erde I – vorstellt, geht es natürlich nicht. Ein Raumschiff von der »Größe« eines Ozeandampfers, beladen mit 99.800 Tonnen Treibstoff und nur 200 Tonnen Nutzlast, fliegt nach v. Dänikens Idee mit 80prozentiger Lichtgeschwindigkeit (240.000 Kilometer pro Sekunde) durch das All, um fremde Sterne zu besuchen.

Dieser phantasievolle Mann auf Erde I bemerkt allerdings ganz von selbst, dass trotz seiner bekanntlich oft überschäumenden Ideen sein Raumschiff alsbald auf irgendeinem Planeten notlanden müsste, weil der Treibstoff ausgegangen ist. Zu einem Besuch auf der Andromeda-Galaxie wären die Raumfahrer des Herrn v. Däniken danach also niemals in der Lage, denn selbst ohne Zwischenstopps würde ihre Reisezeit bei der angegebenen Geschwindigkeit 2.500.000 Jahre betragen!

Nachfolgende Tabelle macht deutlich, welche gewaltigen Steigerungen der Reisegeschwindigkeiten seit »Jules Verne«, einem anderen bekannten Autor von Erde I, nötig waren, um ferne Sterne im Weltall zu erreichen.

Bei einem Geschwindigkeitssprung von **6 Metern pro Sekunde** bei Jules Verne auf **300.000 Kilometer pro Sekunde** des Lichtes ergibt sich:

Jules Verne reiste in 80 Tagen ein Mal um die Menschenerde, dagegen schaffte es ein Flugobjekt bei Lichtgeschwindigkeit, den Erdball siebeneinhalb Mal in nur einer Sekunde zu umkreisen.

Allerdings betrug dann die Flugdauer von Erde I aus, selbst bei dieser schon kaum vorstellbaren Raumschiffgeschwindigkeit, immer noch über 2.000.000 Jahre bis zu uns »Toranern« in der Andromeda-Galaxie.

Erst der Geschwindigkeitssprung auf mindestens eine Milliarde Kilometer pro Sekunde – also die 3375fache Lichtgeschwindigkeit – machte es möglich, unseren Heimatplaneten in einem angemessenen Zeitrahmen – hier 600 Menschenjahre – zu erreichen.

| | Erd- umläufe | Geschwin- digkeit (in km/s) | Reiseweg (in km) | Reise- dauer |
|---|---|---|---|---|
| Jules Verne (Roman 1872) | 1 | 0,006 | 40.000 | 80 Tage |
| Schnelles Passagier- flugzeug (Concorde) | 1 | 0,6 | 40.000 | 17 Stunden |
| Raumschiff bei Licht- geschwin- digkeit | 7,5 | 300.000 | 300.000 | 1 Sekunde |
| Raumschiff bei 3375facher Lichtge- schwindig- keit | 25.000 | 1 Milliarde | 1 Milliarde | 1 Sekunde |

*Reise um den Äquator der Menschenerde – Erde 1*
*(Alle Größenangaben sind Näherungswerte)*

Raumschiff XW 75254 war nun, gerechnet in Men- schenjahren, 12.000 Jahre unterwegs, davon 4000 Jahre auf der Erde I. Es landete dort, als das Schiff von Vater gerade die Erde wieder verließ und nach »Tora« zurückkehrte.

XW 75254 befand sich die gesamte Zeit im Graben des Bermudadreiecks auf einer Wassertiefe von 8000 Metern – komplett eingegraben im Meeresgrund.

Aus dieser Tatsache heraus erklären sich auch die Unglücke von Schiffen und Flugzeugen der Menschen auf Erde I, wofür sie selbst natürlich bisher keine Erklärung haben.

Unsere XW 75254 wäre, vom Verständnis der Menschen aus betrachtet, sicherlich geradezu »unendlich groß«. Von diesem Riesenschiff starten dann in unregelmäßigen Abständen kleinere Satellitenschiffe, in der Größe vielleicht vergleichbar mit einem Jumbo-Flugzeug von Erde I – allerdings in Rundform, ähnlich den »Fliegenden Untertassen«, wie bereits von menschlichen Augenzeugen beschrieben.

Die XW 75254 ist trotz ihrer gewaltigen Größe für menschliche Ortungssysteme nicht lokalisierbar.

Bei den Satellitenschiffen ist das anders. Sie können bei bestimmten Lichtverhältnissen für das menschliche Auge sichtbar werden.

Erich v. Däniken hat sogar vielfach Landebahnen unserer Luftschiffe festgestellt – ja, sogar nachgewiesen. Da dieser Autor aber weiterhin insbesondere von der Wissenschaft als »Spinner« angesehen wird, ist es auch nicht nötig, dass wir besonders aufwendige Tarnung betreiben.

Sehr betrübt sind wir aber jedes Mal, wenn Seeschiffe und Flugzeuge der Menschen durch aus Luft und Wasser bestehende »Riesenwirbel« in die Tiefe gerissen werden – verantwortlich dafür sind in der Regel wir »Toraner«.

Während unsere Satellitenschiffe starten und landen, erzeugen sie diese alles verschlingenden Wasser-Luft-Wirbel in einer Region, die auf der Erde I Bermudadreieck genannt wird – wie bereits gesagt.

Da wir beim Start- und Landevorgang an zeitlich schematisierte Flugabläufe gebunden sind, können wir den armen Menschen, die sich dann in unserer Nähe befinden, leider nicht helfen.

Besonders dramatisch verändern sich die Verhältnisse auf See, falls unsere Hauptraumschiffe starten, um den Heimflug anzutreten. Dazu ist es dann erforderlich, vor dem eigentlichen Start, einen »Energievorlauf« durchzuführen. Der gesamte zu durchfliegende Weltraum, vom Start auf Erde I oder Erde II bis zum Landeplatz in der Andromeda-Galaxie wird dann in Form eines »Raumtunnels« von herumfliegenden Objekten, z. B. Asteroiden, »gereinigt«, damit anschließend die tatsächliche Reise sicher und ohne Stopps durchgeführt werden kann.

Wegen der Dramatik dieses erforderlichen »Doppelstarts« legen sich unsere Raumschiffe neuerdings auch in den »Marianen Graben« auf Erde I – im Pazifischen Ozean, auf etwa 19 Grad nördlicher Breite und 145 Grad östlicher Länge, gelegen rund 2000 Kilometer östlich der Philippinen.

Aber auch dort, auf nahezu 11.000 Metern Wassertiefe – wiederum komplett eingegraben im Meeresgrund – lösen die frei werdenden Energien des simulierten und des tatsächlichen Starts unseres Raumschiffes derart gewaltige Wasser-Luft-Wirbel im Pazifischen Ozean aus, die sogar zu Tsunamis führen können.

So war ja Vater, wie bereits erwähnt, bei den alten Ägyptern, als diese ihre Pyramiden bauten. Die Mannschaft des Satellitenraumschiffes nahm damals persönlichen Kontakt mit den Pyramidenbauern auf, ohne sich zu verstecken. Dabei muss aber daran erinnert werden, dass dies nicht die erste Begegnung von fremder Intelligenz mit Erdbewohnern in der Vergangenheit war. Allerdings irrt Erich v. Däniken in diesem Falle mit seiner Behauptung, Vater und seine Begleiter – die »Außerirdischen« – hätten den alten Ägyptern die Arbeit abgenommen und an ihrer Stelle die Pyramiden gebaut.

Wegen seiner nicht bewiesenen Pyramidenbau-Theorie muss sich der Schweizer Buchautor auch gefallen lassen, ein »Pyramididiot« zu sein. In diesem Falle erhebt sich allerdings die Frage:

Wer betrachtet sich schon als derart erhaben, von anderen sagen zu können, sie seien Idioten?

Wer wäre schon zu solch einer Aussage fähig?

Vielleicht Jesus? Vielleicht Bhudda? Vielleicht Mohammed?

Doch diese drei Größten der »Weltgeschichte« auf Erde I würden so etwas niemals von sich geben, weil sie wissen:

999 Idioten von 1000 müssen die »Normalen« sein und bei dem einen »Klugen« von 1000 kann es sich ja nur um den »Bekloppten« handeln – genau so würde sicherlich die erdrückende Mehrheit entscheiden!

Nun wird XW 75254 in wenigen Sekunden auf »Tora« ankommen und sicher wieder viele neue Eindrücke, insbesondere von den anderen drei Erden mitbringen.

Weshalb besonders die Menschenerde – Erde I – bei uns eine geradezu herausgehobene Beachtung findet, hat mir mal mein Vater erklärt. Darauf möchte ich jetzt aber nicht eingehen.

Da! – In diesem Moment landet das Raumschiff – ein riesiger runder Ball, der nun ganz ruhig in nur 20 Zentimetern Höhe über dem Boden schwebt.

Im Inneren befindet sich ein kleiner Kreisel mit übergroßer Masse, der die Gewichtskraft des Schiffes aufhebt und damit die Anziehungskräfte unseres Planeten egalisiert – das gilt im Übrigen für alle unsere Fahrzeuge. Die Schwerkraft ist damit für sie endgültig aufgehoben. Alle »Fahrzeuge« sind grundsätzlich in der Lage, auch zum Flug anzusetzen – Räder wie z.B. bei den Autos der Menschen sind nicht mehr erforderlich.

Es sind genau 1500 Männer und Frauen an Bord, die nun in Gruppen das Schiff verlassen.

Sie werden vom ersten Volksvertreter und vom Wissenschaftsminister unseres Planeten begrüßt.

War es bis jetzt noch extrem ruhig, eine geradezu entspannte Atmosphäre, so brandet nunmehr unbeschreiblicher Jubel auf.

Hunderttausende nehmen die Weitgereisten in Empfang – Familienzusammenführung in der fernen Andromeda-Galaxie.


# 12

Die Prinzessin kommt zu sich. Wie von einer langen, entbehrungsreichen, den Körper schwächenden Reise kommend, fragt sie:

„Wo bin ich?“

„Liebe Prinzessin, sie befinden sich in ihrem Schlafgemach“, hört sie wie aus weiter Ferne die Stimme ihrer Zofe Betsy.

„Liebe Prinzessin, es wird schon wieder, sie hatten einen Schwächeanfall. Herr Roman hat sie ohnmächtig im Flur liegend gefunden und sie dann in ihr Bett getragen. Herr Roman ist ja so entsetzlich stark, dass man den Eindruck hatte, sie, liebe Prinzessin wären leicht wie eine Feder."

Nun beginnt Prinzessin Aphrodite langsam die jetzige Situation zu erfassen, in der sie sich befindet. Wie aus einem dichten Nebel kommend, zunächst das Leben nur schemenhaft registrierend, nimmt sie ein wundervolles Gefühl an ihrem Körper wahr.

Beinahe zärtlich wischt Betsy ganz behutsam mit einem sehr sehr weichen Waschtuch ihr Gesicht ab. Dabei empfindet die Prinzessin das mit warmem Wasser getränkte Tuch als sehr wohltuend. Schnell kehren die Lebensgeister der jungen Frau zurück – denn sie ist ja an sich eine gesunde und starke Person. Dabei bemerkt sie, dass sie in ihrem Bett auf ein großes, sehr weiches Laken gebettet ist. Die flauschige Oberfläche fühlt sich angenehm an, vermittelt Geborgenheit und Wärme.

Betsy wischt über Stirn, Wangen und den schlanken Hals. Nun beginnt sie an der Schulter mit einem Schaumwasser, das sie aus einer großen bunten Porzellanschüssel nimmt, die sie auf einem Stuhl neben dem Bett platziert hat.

Aus einer zweiten Schüssel heraus erfolgt dann das vorsichtige Entfernen des Schaums – mit körperwarmem, klarem Wasser.

„Herr Roman hat mir geholfen, sie, verehrte Prinzessin, zu entkleiden, bitte verzeihen sie mir, ich alleine hätte es nicht geschafft. Wie bin ich doch froh, dass es ihnen schon besser geht."

„Bitte etwas Mineralwasser, frei von Kohlensäure, nicht gekühlt", und sie trinkt in ganz kleinen Schlucken.

„Ganz so wie ein Vögelchen", denkt Betsy, hebt den Kopf der Prinzessin vorsichtig noch ein wenig an und legt ein weiteres Kissen darunter.

„Ist es so bequem?"

„Danke, liebe Betsy."

Betsy zieht das Badetuch herunter und erfrischt den ganzen Körper der Prinzessin – von den Ohren bis zu den Fußsohlen – erst Schaum, dann warmes Wasser.

„Bitte umdrehen, liebe Prinzessin!", und die gleiche belebende Prozedur führt Betsy auf der Rückseite durch. Dabei liegt die Prinzessin bequem auf dem Bauch, das Köpfchen auf die zusammengeschobenen Unterarme gelegt.

Als Betsy zärtlich über Rücken, Po und Oberschenkel streichelt, erwachen die Lebensgeister der jungen Frau zusehends.

„Das ist ja äußerst angenehm, liebe Betsy, damit solltest du mich öfter verwöhnen."

„Sehr gerne, aber es darf dann nicht wieder eine Ohnmacht mit im Spiel sein."

Betsy deckt Po und Rücken der Prinzessin mit einem großen Badetuch ab, obwohl es im Schlafgemach schön warm ist.

„Hat Herr Roman mich denn unbekleidet gesehen?"

„Natürlich habe ich ihm einen großen Schal vor die Augen gebunden, liebe Prinzessin", erwidert Betsy ein wenig schmunzelnd.

„Ich danke euch beiden, dass die Angelegenheit vertraulich ablief und ihr nicht einmal Dr. Albany herbeigerufen habt, das Quasselmaul."

„Nochmals danke, ihr seid wahre Freunde, du und auch Roman."

Sie setzt sich nun im Bett auf, wobei sie sich mit Betsys Hilfe und einem Kissen im Rücken bequem zurücklehnt. Sie trinkt wieder einen kleinen Schluck Wasser und kann schon wieder lächeln.

„Trotzdem", bricht es aus ihr heraus,

„es war so furchtbar, der schlimmste Tag in meinem Leben. Mein Ehemann war wieder so gemein zu mir!"

Und das Lächeln ist wie weggeblasen.

„Liebe Prinzessin, das Leben geht weiter, und solch einen guten Menschen, so wie ihr es seid, wird Gott niemals im Stich lassen. Ich habe für euch gebetet. Seht, auf dem Nachttisch steht ein kleines Gottesbild aus Bronze. Es stammt aus einem Tempel und der Mönch hat es mit den Händen berührt – ein gutes Zeichen."

Sie nimmt die kleine Statue zwischen Daumen und Zeigefinger der rechten Hand und schüttelt ein wenig.

„Hört ihr, liebe Prinzessin, es klingelt leise, es ist ein Klingel-Figürchen mit einem »kleinen Glöckchen« – es wird euch beschützen", und sie stellt die zierliche Figur wieder vorsichtig ab.

„Das Leben geht weiter", wiederholt Betsy, als wäre dieser Spruch so eine Art tröstende Lebensphilosophie,

„so könnt ihr euch eigentlich schon auf Morgen freuen. Euer hübscher Tennislehrer Enrico hat für 17.00 Uhr eine Tennisstunde reserviert."

„Ach ja – ich habe schon ganz vergessen – hier ist eine Nachricht von ihm", und sie übergibt ein kleines rosa Leinentäschchen, gerade so groß wie ein Briefumschlag.

„Dankeschön", flüstert die Prinzessin, öffnet den Druckknopf und entnimmt einen winzigen Zettel aus gelbem Büttenpapier.

„Oh, ein kleines rosa Röschen, und echt!", aufgeklebt in der rechten oberen Ecke des Zettels,

„oh, wie nett geschrieben! Er richtet mir sogar liebe Grüße aus."

Die Prinzessin lächelt und Betsy, die Zofe, bemerkt es voller Freude.

„Jetzt solltet ihr, liebe Prinzessin, aber ein paar Stunden schlafen", deckt die Prinzessin mit der seidenen Oberdecke liebevoll zu und geht in ihr Zimmer zum Duschen.

Die Prinzessin zittert am ganzen Körper, auch ihr Innerstes kommt nicht zur Ruhe.

Wie ein Alptraum ziehen die furchtbaren letzten Stunden vorbei! Obwohl sie todmüde ist, kann sie nicht einschlafen, denn der »böse Geist« des Herzogs hält sie immer noch gefangen. Sie stöhnt und es ist ganz unverkennbar – das Stöhnen entspringt ihrer Furcht – blanker Angst!

Kälteschauer überziehen ihren Körper, machen sie frösteln. Es ist eine Kälte von innen heraus, die sie trotz des gut geheizten Zimmers erfasst. Es ist eine Kälte, die sich wie ein Leichentuch aufgrund des Erlebten über ihre Gedanken und Empfindungen legt.

Plötzlich fühlt sie Wärme! Ein menschlicher Körper drängt sich an sie heran.

„Oh, wie angenehm das ist", murmelt die Prinzessin. Betsy kuschelt sich an sie. Ihre weichen fraulichen Rundungen geben der Prinzessin Geborgenheit und vertreiben Kälte und auch schlechte Gedanken.

„Ich bin nicht alleine ..... ich habe Freunde", und sie umschlingt mit ihren Armen den drallen Körper der Zofe.

„Das ist gut! Das ist gut!" hört man ihre leiser werdende Stimme wie aus weiter Ferne – und sie fällt in einen viele Stunden währenden erholsamen Tiefschlaf.

Und Betsy, die Zofe, kuschelt sich noch einmal richtig an – bewachend, beschützend, mütterlich mit all ihrer Körperwärme.

Doch jetzt ist es an ihr, der so dringend benötigte Schlaf stellt sich nicht ein. Zuviel, viel zu viel ist passiert! Ihre Gedanken fliegen. Betsy kommt nicht zur Ruhe. Sie hat das Gefühl, als befände sich in ihrem Kopf ein großer sehr unordentlich gestapelter Haufen voller Probleme.

Die Augen bleiben geöffnet, die Pupillen übergroß – als blickten sie in eine ferne Weite – eine nicht zu ergründende Leere!

Und Betsy hat das Gefühl, als schwebe über allem irgendein zurzeit noch nicht auszumachendes »Etwas«:

- nur schemenhaft erkennbar
- mit Gedanken nicht fassbar
- aber doch bereits ganz nah und bedrohlich!

Betsy weiß:

- ein Unheil wird kommen
- nicht aufzuhalten
- nicht abwendbar!!!

# 13

»Plop – Plop« – hört man das unnachahmliche Geräusch des Tennisballes. Die gelbe Filzkugel saust von einer Seite des Platzes zur anderen. Die ganze Kunst des Tennis, hat mal eine kluge Person gesagt, ist es, die Kugel nur einmal mehr als der Gegner auf das gegenüberliegende Feld zu bringen.

Klingt ganz einfach. Und wenn man den beiden Akteuren zuschaut, die den Filzball mit ihren Schlägern bearbeiten, dann sieht man, dass es ihnen tatsächlich keine Mühe macht, den Ball immer wieder im gegnerischen Feld zu platzieren.

Dabei sieht alles so leicht aus, und die Bewegungen sind schön flüssig. – Man befindet sich in der Phase des »Einschlagens«, einer Art von »Warmmachen«.

Merkwürdig, hier, wo man gar nicht auf den Gegner einschlägt, spricht man von »Einschlagen«. Beim Boxen, wo tatsächlich geschlagen wird, ist ein »Einschlagen« vor dem Kampfbeginn nicht vorgesehen. Gerade beim Boxen könnte man doch vorher eigentlich leicht freundschaftlich aufeinander »einschlagen«, ohne sich gegenseitig weh zu tun. Gleichzeitig erreichten die Kämpfer die erwünschten erhöhten Körpertemperaturen und ein Gefühl für alsbald abzurufende Boxtechniken während des Fights.

»Plop – Plop – Plop« – schön anzusehen, wie ein junger Mann und eine junge Frau den Ball elegant über das Netz befördern. Es sind Aphrodite und ihr Trainer Enrico. Er spielt ihr dabei die Bälle derart genau zu, dass sich nach einigen Minuten ein durchaus harmonisch geführtes Tennisspiel beobachten lässt.

Während der junge Mann immer richtig zum Ball steht, gleicht Aphrodite ihr noch nicht perfekt ausgebildetes »Tennisauge« für die anfallenden Spielsituationen durch sehr flüssige Beinarbeit aus. Dabei ist auffällig, dass sie immer wieder mit sehr kleinen Trippelschritten von den Seiten zur Mitte des Spielfeldes zurückkommt. Dadurch ist es ihr möglich, jedes Mal seitwärts zum herannahenden Ball zu stehen. Ihr bleibt genügend Zeit, sich richtig zum Ball zu stellen, während Spieler mit nicht so guter Beinarbeit häufig zu spät »ankommen«. Frontale Stellung zum herankommenden Ball mit unkontrollierbarem Schlag ist dann die Folge.

Kontrolliert flüssiges Spiel bei Aphrodite, während Enrico durch extreme Lässigkeit auffällt. Seine Technik ist derart ausgefeilt, dass jeder Schlag fast spielerisch »streichelnd« den Ball trifft – dem Ball eigentlich gar nicht »wehtut«. Und doch hat man fast den Eindruck, würde man alle erzeugten Ballfluglinien auf ein Blatt Papier übereinander zeichnen, man hätte immer die gleiche gebogene ideale Fluglinie.

Ein schönes Paar, das denken sicher auch die vielen Fotografen und Fernseh-Teams, die gekommen sind, Aphrodite auch in ihrer Freizeit zu beobachten.

Ein Millionenpublikum ist geradezu süchtig nach Informationen jeder Art aus allen Lebensbereichen der schönen Prinzessin.

Die Blicke der 1500 Zuschauer, die auf der linken Tribüne geduldig sitzen, sind wohlwollend auf das Geschehen gerichtet.

Derweil besticht nicht einmal das eigentliche Ballspiel der Prinzessin, sondern das »Wie« – wie sie es macht!

Dazu gehört natürlich auch ihr Outfit – ein in hellem Lila gehaltenes hochgeschlossenes Hemd und das dazu passende kurze Röckchen in gleicher Farbe. Häufig ist ihr knallrotes Höschen zu sehen, wenn trotz anmutiger Körperbewegungen das Röckchen zu sehr wippt. Das überlange blonde Haar ist hinten zu einem Knoten zusammen gebunden, den eine Samtschleife ziert.

Entspanntes Lächeln und extrem konzentrierte Anspannung wechseln sich ab im schönen Antlitz des begehrten Beobachtungsobjektes.

Jeder kann nachvollziehen, dass das »Königskind« nicht nur mit dem Filzball »spielt«. Eine nicht zu übersehende Koketterie strahlt von ihr aus, so dass manches Getuschel unter den Zuschauern sich allein mit diesem Thema beschäftigt. Ist es Enrico, sind es die Zuschauer selbst oder die professionellen Berichterstatter um das Spielfeld, die sie beeindrucken möchte? Auch die körperbetonte Kleidung signalisiert Erotik und Verführung.

Selbst dem Trainer ist nicht entgangen, mit welcher Ernsthaftigkeit die Prinzessin auf alle Spielsituationen reagiert – ihre sportlichen Antworten sind bedacht und überlegt – einfach beeindruckend!

Jetzt folgen Spielzüge nur mit der Vorhand und dann mit der Rückhand – abwechselnd. Den letzten Ball »fängt« der Trainer mit seinem Schläger »auf« – und »wickelt« ihn wie bei einem Stoppball »förmlich ein«. So nimmt er der Kugel seine Flugenergie, um sie dann ganz ruhig auf der Schlägerbespannung liegend dem Publikum zu präsentieren.

„Dankeschön, liebe Prinzessin," sagt Enrico,

„lassen sie uns eine kurze Pause machen. Das war heute alles schon schön – sehr gut!"

Die jungen Leute erreichen gleichzeitig die Seitenbank am Spielfeldrand und nehmen Platz. Betsy, die dort saß, ist aufgestanden. Sie reicht beiden ein Handtuch und anschließend einen Vitamintrunk, den Aphrodite und Enrico dankbar entgegen nehmen.

„Das war sehr gut, liebe Prinzessin, viel besser als das letzte Mal."

Der Prinzessin tut dieses Lob des Trainers besonders gut. Es ist wie Balsam auf ihre kranke Seele. Sie lächelt freundlich entspannt – von den Sorgen der letzten Nacht keine Spur.

Auch Betsy vermag nichts zu erkennen, wobei sie ihrer Prinzessin lange prüfend in die Augen schaut. – Die Augen strahlen, jedermann sieht es.

Nun greift Enrico den Tennisschläger der Prinzessin und zieht diese freundschaftlich neben sich her bis an das Netz. Dort erklärt er ihr noch einmal die Technik der Vorhand. Dazu stellt er sich unmittelbar hinter die Prinzessin. Er drängt seinen Schoß und die Brust gegen Po und Rücken seiner Tennisschülerin. Mit der Linken fasst er links um sie herum und mit der Rechten rechts herum. So greift er vor dem Oberkörper der Prinzessin ihren Tennisschläger und ahmt die Bewegung des Vorhandspielens nach – wobei Trainer und Schülerin diese Bewegung gemeinsam durchführen.

Das ist natürlich nur möglich, wenn beide Personen, so wie hier, engsten Körperkontakt haben. Es handelt sich hierbei um eine auf allen Tennisplätzen der Welt zu beobachtende ganz normale Übung, mit dem Ziel, die Vorhand zu verbessern.

Enrico vollzieht diese Bewegung mehrfach zusammen mit der Prinzessin, und sie lässt sich dabei willig führen.

„Eigentlich ein schönes Paar", denkt auch Janina, während Hunter wieder unentwegt in sein schon obligatorisches Aufnahmegerät plappert. Janina hat wie alle anderen Zuschauer einen gut sichtbaren Presseausweis am Revers und eine teure Kamera auf dem Schoß.

Enrico ist noch fünf Zentimeter größer als die schon große Prinzessin.

„Weißes Tennishemd und weiße Shorts – etwas kurz", findet Janina,

„schlanke Figur, lange männliche Beine, ein schwarzer gelockter Wuschelkopf mit rosa Stirnband – sehr auffällig – in einem etwas herben, aber jungen Gesicht die betont gerade männlich ausdrucksvolle Nase."

„Nur die Lippen sind ein wenig schmal", bemerkt Janina zu Hunter bei ihrer Musterung.

„Aber er hat blitzende freundliche Augen und sicher auch schwarze Löckchen auf der Brust unter dem Hemd mit Bündchenkragen", ergänzt Janina lächelnd und fährt bei ihrer Trainerbetrachtung zusammenfassend für sich fort,

„ein wenig wie der ältere Bruder von meinem geliebten »Adonis«. Wirklich ein schönes Paar", denkt sie leicht schmunzelnd und sieht die letzte gemeinsame Vorhandübung von Enrico, dem Tennistrainer, und Aphrodite, der königlichen Prinzessin.

„Sehr enger Körperkontakt, hervorragende Übung", meint Janina flüsternd zu Hunter.

„Hervorragende Übung", sagt auch die Prinzessin und dreht sich dankbar lächelnd Enrico zu.

„Vielen Dank, das war wirklich eine lehrreiche Tennisstunde – und vielen Dank auch für das schöne rosa Röschen", und strahlt Enrico regelrecht an, während sie in seine tief und unergründlich lachenden grünen Augen blickt.

Bewegung kommt in die vielen Zuschauer. War das Fotografieren aufgrund einer Absprache der Betreiber des Tennisplatzes und der Presse nicht gestattet, so möchten die Fotoreporter und die schreibende Zunft doch nunmehr zu ihrem Recht kommen. Alles strömt zum Clubhaus, das auch der Trainer und seine Schülerin ansteuern. Dort ist eine Absperrung aufgebaut – ein armdickes Schiffsseil, bewacht von vier Bodyguards. Zusätzlich helfen 20 Clubmitglieder, alles kräftige Männer, den anstürmenden Reporterstrom zu lenken und übergroße Hektik gar nicht erst aufkommen zu lassen.

„Bitte ein Bild von Trainer und Schülerin", fordert die sehr bekannte Reporterin Miss Sharon vom »Weekly Report« und spricht damit den Wunsch aus, den auch alle anderen auf den Lippen haben.

Artig stellen sich Enrico und Aphrodite nebeneinander, wobei sich der junge Mann förmlich an seinem Tennisschläger festkrallt. Er hält ihn dabei beidhändig vor seinem Körper. Die Hände greifen derart fest zu, dass die Knöchel weiß hervortreten. Trainer und Schülerin stehen eng beieinander – ein wenig wie Schutz suchend vor der aufdringlichen Menschenmenge berühren sich ihre Schultern.

Dieses Bild von zwei glücklichen jungen Menschen werden morgen Millionen sehen, denn bereits in einer Stunde startet die weltweite Verbreitung durch die großen Presseagenturen. – Das Blitzlichtgewitter beginnt!

Aphrodite strahlt in die Objektive, lächelt manchmal wie ein Schulmädchen, dann aber wieder wie eine »Frau von Welt«, die das Szenario schon häufig im Laufe der Jahre erlebt hat. Sie wirkt vor der Reporterschar souverän und dann doch wieder wie ein kleiner Schutz suchender Vogel, wird Janina sich später gegenüber Hunter erinnern.

Enrico hat vor lauter Aufregung Schweißperlen auf der Stirn. Die Prinzessin kennt den Rummel, trotzdem haben sich auch in ihrem Gesicht viele kleine Schweißtröpfchen gebildet, und zwar besonders über der Oberlippe, auf der sich winzige, kaum sichtbare blonde Härchen befinden, die noch niemandem aufgefallen sind.

Die Prinzessin lächelt, sie verteilt vorsichtig, betont zurückhaltend, mit feiner fast majestätischer Vornehmheit Kusshändchen – ein wahrer Medienstar!

Nun legt sie die bereits bekannte Wollstola über die Schultern, und Betsy zupft so lange daran herum, bis auch alles abgedeckt ist, denn es wird schon kühl.

„Welch eine Königin und welch einen König würde dieses Paar abgeben", denkt Janina und schießt die letzten Fotos aus allernächster Nähe,

„es fehlen nur noch die goldenen Kronen und ein Märchen würde Wirklichkeit!"

Diesen Traum der Janina träumen heute alle, alle Menschen, die hier anwesend sind – die Aphrodite neben und mit Enrico gesehen haben.

# 14

Im Königspalast gibt es eine Flucht von Räumen, in denen sich die Chauffeure aufhalten. Hier sind am Tage und auch des Nachts 30, ja manchmal sogar 60 Fahrer. Einige stehen jederzeit bereit, Mitglieder des Könighauses zu befördern.

Es halten sich dort aber auch solche auf – mit «weißem Hemd«, Turban und Krummschwert, statt Anzug und Krawatte. Sie dienen kleineren Königreichen. Diese Fahrer transportieren wichtige Zeitungs- und Fernsehmänner, aber auch Bevollmächtigte von Geldadel, Banken, Sport und Kinderhilfswerken sowie Politiker vieler Länder und auch ihre Präsidenten.

Der Außenstehende vermag sich gar nicht vorzustellen, welch eine Schaltzentrale der Macht das Königshaus ist. Hier laufen Informationen aus aller Herren Länder ein, aber genau so viele gehen auch wieder nach draußen.

Der erste Sekretär der Königin hat alles in der Hand, wobei ihm ein großes Team mit hervorragenden Fachleuten und Spezialisten für alle Gebiete ergebungsvoll zur Seite steht.

Doch die »Graue Eminenz«, ausgestattet mit absoluter Macht, ist der Königliche Erbprinz – der solange er Thronanwärter ist, den Titel »Herzog von Borivanningham« führt. So gehen alle wichtigen und unwichtigen Entscheidungen über den Tisch des Herzogs – und was als wichtig oder unwichtig einzustufen ist, bestimmt nur er.

Der erste Sekretär der Königin wird also niemals Anweisungen an seine Untergebenen weiterleiten, ehe nicht der Herzog »grünes Licht« gegeben hat.

Von Amts wegen steht dem Herzog eigentlich diese Machtfülle gar nicht zu, da das Königshaus offiziell nur Repräsentationspflichten zu erfüllen hat, und zwar ähnlich jenen Aufgaben, die Präsidenten von echten Demokratien zu leisten haben.

Die Chauffeure von königlichen Staatskarossen, gepanzerten Limousinen und unzähligen anderen Fahrzeugtypen können sich in besonderen Räumlichkeiten erholen und Kraft tanken für die nächsten Fahrten. Zentrum ist ein Trakt aus vier Bereichen:

Aufenthaltsraum, Speiseraum, Ruheraum und ein großer Sanitärbereich. Besonders interessant ist der Ruheraum mit über 70 bequemen Liegen. Jede Liege verfügt über ein kleines angebautes Schrankteil mit Kleiderschrank, Minibar (kein Alkohol!), Fernsehschirm und Radio – besser als in einem Passagierflugzeug in der ersten Klasse. Ein Raucherzimmer und ein Raum mit Telefon, Fax und Computer schließen sich unmittelbar an. Der sanitäre Bereich mit vielen Duschen und Toiletten rundet die ganze Anlage als eine sehr sinnvolle und zweckmäßige Einrichtung ab.

Herzstück ist die Küche im hinteren Teil des Speiseraums, die drei Mahlzeiten pro Tag liefert, aber auch Snacks, warme und kalte Getränke rund um die Uhr. Man bedient sich selbst, da es kein Personal im Essenstrakt gibt, wie auch Frauen in der illustren Schar der Fahrer nicht zugelassen sind.

Man kennt sich, denn die Chauffeure der hohen Herrschaften begegnen sich oft. Es haben sich schon richtige Freundschaften entwickelt. So wird natürlich untereinander auch jede Menge von Informationen ausgetauscht. Das geschieht in der Regel nur »unter vorgehaltener Hand«, denn die gegenseitige Mitteilung von Neuigkeiten ist nicht statthaft, wegen der unmittelbaren Nähe jedes Chauffeurs zu seinem Arbeitgeber.

Jeder Angestellte ist zu allergrößter Diskretion verpflichtet, was in der Regel sehr detailliert in den Arbeitsverträgen festgelegt ist. Jedem Chauffeur ist bewusst, dass er mit dem Feuer spielt, falls er vertrauliche Informationen aus mitgehörten Gesprächen im Fahrzeug, die meist aus den Chefetagen stammen, preisgibt.

Diese 50, an sich einfachen Fahrer von Kraftfahrzeugen, verfügen über ein geradezu gebündeltes aktuelles Wissen der »Welt«!

Sie kriegen jede geheime Absprache mit, jeden Kuss mit einer fremden Frau und jedes Bestechungskuvert mit manchmal Unsummen von Geld – ihnen entgeht nichts!

Jeder einzelne der anwesenden Fahrer weiß, dass er auf der Weltbühne nur ein ganz »kleines Licht« ist, und dass dieses nur unstet flackernde Feuerchen jederzeit von den Mächtigen dieser Erde ausgeblasen werden kann.

Dieser Problematik sind sich alle 50 bewusst! Deshalb gibt es bei ihnen auch so eine Art Ehrenkodex:

- Informationsaustausch unter gut informierten Berufskollegen: JA.
- Wichtigtuerei und »Gequatsche« gegenüber Dritten: NEIN.

Jeder Cheffahrer sollte für sich die Forderung beherzigen, dass sogar der eigenen Familie, und insbesondere gegenüber der Geliebten oder Ehefrau berufliche Verschwiegenheit dringend geboten ist.

Es besteht damit ein Ehrenkodex, der das nötige Einkommen und eine spätere Altersversorgung sichert.

Es ist ein Ehrenkodex, der auch mit dem Wort »Schweigen« überschrieben werden kann – »SCHWEIGEN« – eine lebenserhaltende Tugend!

In einem bequemen Couchsessel des Fahreraufenthaltsraumes sitzt ein blonder junger Mann – so eine Art Hardy-Krüger-Typ in jungen Jahren, einem Filmschauspieler von Erde I. Dazu passt auch sein Khakianzug, den er jetzt als Freizeitdress gewählt hat.

Der unbequeme dunkle Chauffeuranzug, zwei weiße Hemden mit Krawatte, ein Paar blank geputzte Schuhe, eine schwarze Schirmmütze und eine lederne Umhängetasche befinden sich im Schrankspint. In nur zwei Minuten wird bei Bedarf aus dem Freizeit-Hardy-Krüger der unauffällige Chauffeur der königlichen Prinzessin Aphrodite.

Tatsächlich, Raimondo, so heißt der junge Mann, ist praktisch sofort dienstklar. Das hat er schon oft im Ernstfall nachgewiesen – immer dann, wenn ihn die Prinzessin plötzlich rief.

Alle Chauffeure sind jederzeit einsatzbereit. Es fehlt ihnen eigentlich nur noch die Stahlstange, an der sie blitzschnell herunterrutschen – so könnte man sie durchaus mit Feuerwehrleuten vergleichen, die in Bereitschaftswache sind.

Raimondo wird von 15 Kollegen umlagert, die ihre Stühle herangezogen haben. Er ist zurzeit so etwas wie ein Star, dessen Nähe man sucht. Waren noch vor einigen Tagen die Fahrer eines hohen religiösen Führers und des ersten Sekretärs der Völkerversammlung »Hahn im Korb«, so ist es jetzt der persönliche Fahrer der Prinzessin.

Aus Raimondo etwas herauszuholen, ihm Informationen aus dem Umfeld seiner Herrin zu entlocken, ist aber gar nicht so einfach – das merken auch die 15 und alle starren ihn erwartungsvoll an. Sie können natürlich nicht wissen, dass dieser ein absolutes Vertrauensverhältnis mit der Prinzessin hat. So hat sie lächelnd zur Kenntnis genommen, dass er im Rahmen seiner Verehrung besonders schöne Fotos von ihr gerne mit nach Hause nimmt. Diese schenkt sie ihm bereitwillig mit Grüßen an sein Kind und seine Ehefrau.

„Na, Raimondo, was ist denn dran an der Geschichte mit dem Tennislehrer? Sucht sie bereits Trost bei ihm?", fragt der dicke Pascal, Fahrer eines Bankbosses.

Raimondo wirkt ein wenig genervt. Er möchte sich hinlegen und einige Rockballaden aus früheren Jahren hören – Kompositionen, die wie jene Musik klingen, die Lonnie Donegan auf Erde I gemacht hat.

„Merkwürdig, bei dieser fetzigen Musik, so eine Art Mischung aus Rock und Skiffle, beruhigt sich meine gehetzte Seele total", so geht es Raimondo durch den Kopf, während die Anderen weiter auf ihn eindringen.

„Wie komme ich nur weg von meinen neugierigen Berufskollegen?", seine Gedanken springen:

„Wie kann man eine Neuigkeit unter die Leute bringen, ohne allzu viel preiszugeben? Politiker müsste man sein! Die können das – viel reden – aber nichts sagen!"

# 15

Sie stoßen mit den Gläsern an:

„Salute – cheers!"

Janina und Hunter haben sich in einer kleinen Bar getroffen. Es ist gerade 16.00 Uhr und von drüben hört man den dumpfen Schlag einer großen Turmuhr, der haargenau dem Klang von »Big Ben« auf der Menschenerde entspricht. Man ist immer wieder überrascht, wie sich zwei Welten, genauer gesagt zwei Planeten, die wir Erde I und Erde II nennen, derart parallel entwickelt haben.

Es gibt im Universum nur noch Erde III – also mit uns »Toranern« nur vier Planeten, auf denen nahezu gleiche Umweltbedingungen herrschen: Luft, Atmosphäre, Erdanziehung, Temperaturen, Wasser und Umlauf um eine oder mehrere Sonnen – nur vier Planeten mit nahezu gleichen äußeren Verhältnissen unter Milliarden von Himmelskörpern.

»Big Ben«, so nenne ich mal die Uhr – und es schlägt Vier!

Die Bar ist gut besucht – viele Pärchen, leise Kuschelmusik und obwohl noch heller Tag schmecken schon die Drinks. Janina trinkt einen Campari mit Zitrone, während Hunter bereits den zweiten Gin-Tonic angreift, auch mit Zitrone – eigentlich passende Drinks zum Spätnachmittag eines sehr warmen Sommertages.

Die Bar hat getönte Butzenscheiben, sodass bereits zur Tageszeit ein Schummerlicht herrscht. Überall, schon jetzt, brennende Kerzen auf den Tischen – eine angenehme Atmosphäre, wenn man in den tiefen, roten Ledersesseln mit seinem Gegenüber plaudert. Dann schmeckt eigentlich jeder Drink.

Das Publikum, mittleren Alters bis etwa Fünfundfünfzig, alle sehr dezent, ohne vornehm zu sein. Männer und Frauen, sportlich angezogen – bequeme Kleidung, die Frauen häufig mit flachen Schuhen.

Nicht so Janina, die wieder ihre obligatorischen Pumps trägt, die natürlich auf dem Barhocker gar nicht auffallen. Das wird in dem Moment anders, wenn sie zur Toilette geht, um sich frisch zu machen.

„Mein lieber Freund", jeder, aber auch jeder Mann sieht ihr nach, meist mit einem melancholischen Blick – ungläubig, ein wenig verträumt.

Auch die Augen der Damenwelt folgen ihr, ganz so, wie das Zirkus-Publikum dem weiblichen Kurvenstar am Trapez. Groß ist die Enttäuschung dann, wenn Janina sich abwendend wieder ihren Barhocker erreicht und sich ein wenig unbeholfen nach oben zieht. Dann fragt sich wieder jeder, tatsächlich jeder, wie sie denn zu dem »kleinen Dicken« kommt!

Der wieder, in braunem zerknittertem Gabardine, grauer Mauskrawatte und zu allem Überfluss den Filz-Stetson auf dem Kopf – und das bei der Wärme. Besonders abgehoben wieder die knallgrünen Socken, die über den Schnabelhalbschuhen sichtbar werden.

Und wieder fragen sich alle Anwesenden mit geradezu ungläubigem Gesichtsausdruck: Wer ist bloß der Dicke? Wie kommt dieser unförmige Fettwanst zu dem Klasseweib?

….. „Wenn die wüssten!", muss ich auf meinem Milliarden Kilometer entfernten Heimatplaneten »Tora« denken. Und ich kann bei der bereits jetzt engen Verbindung meines Volkes mit den Erdenmenschen Janina und Hunter nur herzhaft schmunzeln – auch wenn nur via Fernsehen. …..

„Sag, was ist los, mein Dickerchen, wie sollen wir die letzten Auftritte unserer Hauptdarstellerin beurteilen?"

„Das hast du gut gesagt, Janina. Tatsächlich haben sich mehrere Personen eine Hauptrolle geangelt und das Stechen beginnt!"

„Prost – Salute", beide nehmen einen tiefen Schluck.

„Da ist zunächst der Herzog. Ganz provozierend hat er sich auf dem Maskenball mit dem Weibstück gezeigt, mit dem er schon seit Jahren rumhantiert – ist der verrückt geworden? Die gesamte Presse hat er nun gegen sich."

„Auch das Volk", wirft Janina ein,

„wie soll ein König sein Volk regieren, wenn dieses ihm schon lange nicht mehr folgt? Wie kann er sich einen solchen Affront gegenüber seiner »Nochehefrau« leisten? Wo soll das hinführen?"

„Das will ich dir sagen Janina, das führt jetzt zu einem offenen Schlagabtausch. Die Prinzessin schlägt zurück: erst der Tennislehrer und jetzt auch noch ein Anbandeln mit dem Sohn eines Ölscheichs. Sie soll morgens um fünf in der High-Noon-Bar mit ihm Wange an Wange getanzt haben – ganz eng – absoluter Körperkontakt."

„Schade, dass wir nicht alles gehört haben, was mit dem Tennislehrer war. Ich hatte wirklich den Eindruck, als hätte es bei der Tennisstunde richtig gefunkt. Wenn der tatsächlich einen »Hoch« hatte, muss sie das »Ding« ja glashart am Hintern gespürt haben."

„Dreimal haben sie sich nun beim Baden getroffen, um anschließend im Haus einer Freundin zu verschwinden!"

„Aber die Zofe Betsy war doch immer dabei."

„Papperlapapp, die Zofe ist lediglich Anstandswauwau – ohne jede Bewachungsfunktion. Die ist von der Prinzessin abhängig. Die wird schön den Mund halten. Vielleicht arrangiert sie sogar diese Treffen."

„Na ja, dabei sein, ist alles!"

„Janina, die Sache spitzt sich weiter zu. Bedenke doch nur die Wirkung der mehr als 100 Paparazzi. Die verwerten doch jede noch so hanebüchene Information und verkaufen den ganzen Müll als Sensation. Eigentlich schlimm, aber die sehen ja nun tatsächlich mehr! Ich konnte zwei engagieren – die haben sogar Stöhnlaute von den beiden aufgenommen."

„Der Herzog brüskiert mit einem gealterten Weib – die Prinzessin brüskiert mit einem überjungen Liebhaber", fasst Janina die besprochene Gesamtsituation zusammen.

„Prost – Salute", Janina hat schon einen kleinen Schwips. Hunter bekommt die üblichen Schweißperlen auf der Stirn, beginnend genau unter der Hutkrempe.

„Na, das ist aber süß", Hunter beugt sich ganz dicht zum Gesicht von Janina.

„Pass auf", sagt einer am Nebentisch zu seinem Nachbarn,

„gleich küsst der Dicke die Schöne!"

„Oh, wie süß", wiederholt Hunter und berührt mit dem Zeigefinger der rechten Hand ganz vorsichtig den kaum sichtbaren blonden Flaum zwischen Mund und Nase von Janina.

„Unglaublich", sagt Hunter übertreibend,

„du hast ja ein kleines »Bärtchen«."

„Dazu noch mit wertvollen Perlen", ergänzt Janina, denn sie weiß, dass sich durch die Wärme kleine Schweißperlen gebildet haben.

Beide lachen.

„Und sind trotzdem ein ungleiches Paar", denken die anderen Gäste im Raum, obwohl gemeinsames Lachen und auch gemeinsames Trinken ja eigentlich etwas Anderes bezeugen.

Plötzlich eine leise Frauenstimme:

„Mr. Hunter!"

„Ja – oh – »Marilyn« vom Walfänger –- was verschafft mir die Ehre?", bricht es aus Hunter ungläubig heraus, völlig überrascht durch den unverhofften Besuch.

Tatsächlich, die schöne Dunkle vom Walfänger steht unmittelbar an Hunters Barhocker – so dicht, dass er sogar ihren Atem spüren kann. Auch Janina dreht sich um. »Marilyn« lächelt vielsagend, wobei Hunter seine Augen nicht vom quellenden Oberteil des hellblauen engen Kostüms abwenden kann.

„Darf ich Ihnen einen Drink anbieten? Auch meine Partnerin Janina würde sich über ihre Gesellschaft freuen."

„Ich werde noch verrückt", kommt es vom Nebentisch. Seinem Begleiter zugewandt, räuspert sich ungläubig der Sprecher.

„Unglaublich, wie kommt der Dicke an die Klasseweiber – was mag bloß sein Geheimnis sein?"

„Ich habe leider keine Zeit, ich bin im Dienst, Mr. Hunter. Trotzdem vielen Dank für die Einladung. Können sie morgen Punkt 16.00 Uhr im Park an der alten Stelle sein?"

„Ist das der Wunsch von Mr. Gordon?"

„Ja. Ihnen und ihrer Janina – ich kenne ihre Mitarbeiterin – ihnen beiden alles Gute!"

Sie lächelt entwaffnend, dreht sich um – schreitet zur Drehtür, geht durch die Tür und entschwindet!

„Solch ein Pech, weshalb geht das schöne Ding schon, fing gerade an, mich an sie zu gewöhnen. Schade!", hört man es enttäuscht vom Nebentisch.

Auch Hunter und Janina sind ein wenig überrascht, weil die nette Besucherin so plötzlich ging. Und sie blicken versonnen in die Richtung, wo soeben ein engelsgleiches Geschöpf entschwand.

# 16

Es ist 12 Uhr Mittag – ein heißer Sommertag. Der Asphalt glüht. Jetzt fährt auf der Landstraße nur, wer unbedingt muss – und Hunter und Janina gehören zu denen, die müssen. Sie haben diese Fahrt ganz kurzfristig angetreten, weil es ihr Auftraggeber so wünschte.

Es war wieder der Mann mit der Riesenplastiktüte – das Gesicht verborgen hinter der Zeitung – »sehr geheimnisvoll«.

„Was hat denn der Geheimnisvolle von uns gewünscht?", fragt Janina und ihre fraulich angeborene Neugier lässt sich nicht verleugnen.

„Zunächst das Positive: Du kannst wieder dein obligatorisches Wannenbad nehmen, Janina."

„Wieder die gleiche Menge »Wasser«?"

„Haargenau die gleiche Menge."

„Herrlich, wann baden wir?"

„Na ja, so ganz umsonst flattern uns die Scheinchen nicht zu. Gordon wünscht, dass wir uns den Chauffeur der Prinzessin vorknöpfen, einen gewissen Raimondo."

„Was hat der denn ausgefressen?"

„Keine Ahnung, mit ihm scheint aber irgendetwas nicht zu stimmen. Wir sollen ihm mal auf den Zahn fühlen. Gordons Mann hat nichts Genaues gesagt – äußerte sich eher vieldeutig."

Das Gespräch ist beendet, eigentlich ist ja auch alles gesagt. Janina wählt eine CD mit Kuschelmusik. Hunter schiebt die Halter seiner Sonnenbrille über die Ohren, wobei Janina ihm hilft, indem sie seinen Filzhut leicht anhebt. Auch sie setzt eine Sonnenbrille auf. Die Fahrtrichtung hat sich entsprechend dem Straßenverlauf geändert, so dass nun die Sonne sehr blendet, obwohl sie ja mittags oben steht und nicht vorne.

Beide können wirklich nicht verleugnen, dass sie verdeckt arbeitende Agenten sind. Die dunklen, fast schwarzen Brillengläser in ihren jetzt aufgesetzten nichtssagenden, ausdruckslosen, an allem fast völlig unbeteiligt erscheinenden Gesichtern, lassen eigentlich nur den Schluss zu, dass die beiden Gangster oder Polizisten sein könnten – es fehlen nur noch die Maschinenpistolen. Zu den beschriebenen Personen passt natürlich auch die dunkle alte Limousine – und man kommt wie ganz selbstverständlich auf die Idee, dass die beiden auch mit einem alten »Citroen-Gangsterauto« von Erde I unterwegs sein könnten.

Während Hunters Limousine durch die Mittagsschwüle braust, sitzen zwei junge Leute auf einer kleinen provisorischen Terrasse.

Sie weint! Die Tränen kommen unaufhaltsam. In das schöne Gesicht haben sich Falten eingegraben, die dort eigentlich überhaupt noch nicht hingehören.

Das ist sicherlich nicht der erste Weinausbruch. Man hat den Eindruck, als ob schon lange ein großer Kummer auf ihrem Gesicht liegt.

Die junge Frau und der junge Mann sitzen auf Klappstühlen, genauer gesagt auf Campingstühlen aus Stoff, gehalten von einem Aluminiumgerüst. Sie sitzt an der langen Seite des Tisches und er unmittelbar daneben an der kurzen Seite. So sitzen sie eng beieinander und er kann mit beiden Händen die ihren ergreifen und zärtlich drücken. So ein enger körperlicher Kontakt, insbesondere, wenn der eine die Hände des anderen liebevoll ergreift, hat auch eine tiefe tröstende Wirkung – denn es gibt fast keine intensivere Art, dem anderen sein tiefes Mitgefühl auszudrücken.

Dabei findet in diesem Falle ein Austausch von Trost wechselseitig statt. Auf beiden lastet ein schier unendlich schweres Problem, dass sie zu erdrücken droht. Das spürt man sofort.

Auch der junge Mann – es ist Raimondo, der Fahrer der Prinzessin – ist gekennzeichnet durch einen absolut fahlen, ungesund blassen, wie versteinert wirkenden Gesichtsausdruck.

Ist da vorne ihr gemeinsamer Kummer?

Ein etwa sechsjähriger Junge – gelockte blonde Haare, wirklich ein hübsches Gesicht. Wenn da nicht das bis zum Knie tiefschwarze Bein wäre, das so gar nicht zur hellen Haut passt. Unterschiedlicher können nun zwei Beine auch nicht sein, die aus einer ledernen kurzen Seppelhose herausschauen. Richtig schwarz und dick wirkt das Bein, geradezu abstoßend, weil völlig unnormal.

Genau dieses Problem bewegt auch die junge Frau. Sie ist seit sieben Jahren die Ehefrau von Raimondo. Ihr Vorname ist Ming-Ming und niemand weiß, wo ihre Eltern diesen Rufnamen »ausgegraben« haben. Der

Standesbeamte schluckte zwar kräftig, ließ den Doppellaut als Vornamen bei der Registrierung der Geburt aber zu.

„Was waren wir doch im ersten Ehejahr glücklich und auch in der Verlobungszeit davor! Und wie hat sich unser Glück gewandelt in unsagbares Leid", schluchzt sie.

„Das Schlimme ist, dass ich dich nicht einmal trösten kann. Ich weiß nicht wie! Ich finde ganz einfach keine Worte, obwohl ich krampfhaft danach suche."

„Sie nennen unseren Carlos in der Schule »Frankenstein« – ein ganz, ganz böses Wort – und die Schüler aus den älteren Klassen verbinden mit dem Schimpfwort »Monster« beide Wörter zu »Monster-Frankenstein«. Die jüngeren Kinder haben sogar schon ein Schmählied komponiert – das geht ungefähr so:

Heiratet Herr Monster die Frau Frankenstein,

wie heißt dann das Kindelein,

wie heißt dann das Kindelein?

und dann der Refrain:

Das Kind heißt »Monster-Frankenstein«,

das Kind heißt »Monster-Frankenstein«!

Ich bin ja so unglücklich! Mein armer Junge!"

„Ja, meine liebe Ming-Ming, ich kann dich gar nicht trösten. Nun muss zu unserem großen Unglück noch ein weiteres hinzukommen – unausweichlich – nicht abwendbar, wie der Tod."

„Wie der Tod?"

„Ja, es ist sicher: Meine Leukämie ist nicht mehr aufzuhalten. Weitere Blutspülungen verlängern das Leben nur unwesentlich – Augenwischerei, sagt selbst der Arzt."

Ming-Ming wirkt wie versteinert. Beide wenden ihre Blicke voneinander ab und sehen zu ihrem Sohn.

Der verhält sich als wäre er in einer anderen Welt. Er lacht und spricht laut mit seinem kleinen Hund – ein Mischling aus der Nachbarschaft. Der Junge scheint alles um sich herum zu vergessen und der kleine Hund auch. Sie spielen herzallerliebst, wobei sie sich gegenseitig necken.

„Eine gute Möglichkeit, um kurzfristig aus der Wirklichkeit zu entfliehen", denkt Raimondo.

Er hört das von Herzen kommende Lachen seines Carlos und das freudige Quieken des kleinen Mischlings, denn zum Bellen ist dieser noch zu jung. Und durch Raimondos Gesicht huscht der Hauch eines Lächelns – aber auch nur für den Bruchteil einer Sekunde.

Raimondo und Ming-Ming schrecken auf. Plötzlich, nur 6 Meter entfernt, hält am Gartenzaun quietschend eine schwarze Limousine.

„Na, wohl auch schon betagt und die Bremsen nicht im Bestzustand", fachsimpelt der Berufschauffeur.

Hunter steigt aus, geht an den hohen Maschendrahtzaun und greift mit beiden Händen in Kopfhöhe durch die Maschenfelder. Sein Gesicht platziert er ganz dicht am Draht, setzt sein freundlichstes Lächeln auf und fragt:

„Hallo, junger Mann, können sie mir sagen, wie ich zum Dorfgasthof komme? Wir sind müde und gut essen soll man dort auch können."

„Das ist richtig, mein Herr, das Essen ist ganz vorzüglich." Raimondo steht auf, weil er es als unhöflich empfindet zu sitzen, während man mit jemanden spricht, der steht.

„Fahren sie bis zur dritten Kurve, dann ist der Dorfkrug nicht mehr zu übersehen."

„Danke für die freundliche Auskunft. Vielleicht sehen wir uns ja noch – vielleicht auf ein Bier."

„Gut möglich, gute Fahrt."

„Das war ja hervorragend", sagt Hunter zu Janina gewandt, als er wieder in die Limousine steigt. Wir haben den Fahrer der Prinzessin genau dort angetroffen, wo auch Gordons Mann ihn vermutete. Besser konnte die Kontaktaufnahme gar nicht verlaufen. Glück gehabt!"

„War er alleine?"

„Nein, offenbar mit seiner Frau und dann so`n komisches Kind – wohl krank", sagt Hunter und zündet sich einen Zigarillo an.

„Na, ganz was Neues", denkt Janina, weil sie Hunter noch niemals rauchen sah.

„Komisches Anwesen! Herrlich große Kastanien! Wohnen aber in einem winzigen Wohnwagen – eiförmig, alt und ärmlich, so`ne Art Kleinbauernhof auf eigener Scholle – viele Hühner, Enten, Gänse und zwei merkwürdige graue Schweine. Auf der anderen Seite steht ein etwas baufällig wirkendes Häuschen, vielleicht ein übriggebliebenes Gesindehaus von einem großen Hof. Zwei alte Leutchen waren zu sehen: er hackte Holz, sie webte wohl eine Bastmatte. Ganz am Rand steht noch eine kleine Scheune – vielleicht die Behausung für die Tiere."

„Na, Mr. Hunter, da ist ihnen aber wieder mal nichts entgangen. Nur der kleine Hund, der vom Körper des Jungen verdeckt war fehlt", meint leicht ironisch Janina zu Hunter, den sie in Wirklichkeit wegen seiner blitzschnellen, durch jahrelange Observationstätigkeit geschulte Beobachtungsgabe bewundert. An diesem Fall zeigt sich wieder einmal sein fotografisches Aufnehmen von Situationen und deren Reproduktion durch sein phänomenales Gedächtnis.

„Danke, Frau Kollegin", Hunter schnippst den Zigaril-
lostummel nach draußen, startet das Auto und fährt
Richtung Gaststätte los.

Es ist draußen schon schummrig geworden, etwa
20.30 Uhr. Im Dorfgasthof fährt Hunter sich mit einer
Hand über den dicken Bauch und mit der anderen unter
Zuhilfenahme einer Serviette über die breiten Lippen.

„Das war ja viel und geschmeckt hat es auch."

Er hatte ein riesiges Schnitzel und sie eine Pasta.

„Hervorragend", sagt sie. Beide lassen sich einen Korn
geben, ganz so, wie es in einem Nachbarland üblich ist
und sind überrascht, dass es auch hier so etwas gibt.

Sie haben schon geduscht, nachdem sie das Bett einer
Liegeprobe unterworfen hatten. Nun möchten sie den
Abend bei einer guten Flasche Rotwein ausklingen
lassen und, falls möglich, ein wenig Kontakt zur Dorf-
bevölkerung aufnehmen. Verbunden mit diesem Gedanken ist natürlich der Wunsch, etwas Genaueres über den
Chauffeur der Prinzessin zu erfahren, denn der eigentliche Anlass ihres Besuches darf natürlich nicht aus den
Augen verloren werden.

„Schon wieder Glück", schnauft Hunter, den Blick zur
Eingangstür gewandt.

Der junge Mann vom Kleinbauernhof tritt ein, und beide sind sich nun absolut sicher:

„Das ist der Fahrer der Prinzessin!"

Jetzt, wo sie ihn aus allernächster Nähe sehen, erinnern
sie sich an das junge Gesicht, den Körper, damals allerdings vermummt unter einer Chauffeur-Uniform. Damit
bestätigt sich tatsächlich, dass es sich bei dem jungen
Mann, bei dem sie den Weg zur Dorfgaststätte erfragt
haben, um den gesuchten Cheffahrer handelt.

„Hallo", sagen beide wie aus einem Mund.

„Hallo", erwidert auch der junge Mann.

„Erneuter Kontakt wieder erfolgreich hergestellt", bemerkt Hunter flüsternd gegenüber Janina.

Der junge Mann begrüßt die Wirtsleute und die Bedienung. Er geht an jeden Tisch und klopft mit dem Knöchel der rechten Hand auf die Tischplatte, eine Art dörfliche Begrüßung. Und er kennt wohl jeden – meist junge Männer in Hemd und Hose bis etwa 38 sowie junge Frauen und Mädchen.

Nun ist der Tisch von Hunter und Janina dran – drauf klopfen und nochmals

„Hallo".

„Lange nicht gesehen und doch wieder erkannt", witzelt Hunter und merkt sogleich, dass er gar nicht witzig ist.

„Sie würden uns eine große Freude machen, wenn sie sich zu uns setzen", rettet Janina die Situation,

„wir kennen hier eigentlich niemanden – nur sie", und sie lächelt gewinnend.

„Donnerwetter – kann die »Puppe« Vertrauen aufbauen", denkt Hunter,

„wer kann dieser Klassefrau schon widerstehen!"

Und schon setzt sich Raimondo, als würde ihn eine fremde Macht in Beschlag nehmen – die Anziehungskraft einer überaus attraktiven jungen Frau.

Sie sitzen etwa zwei Stunden zusammen – trinken Wein, Raimondo nur Mineralwasser. Plötzlich steht der junge Mann auf, bedankt sich, verabschiedet sich von den Wirtsleuten und von den anderen. Genau so wie er es bei der Begrüßung tat, macht er es auch jetzt, klopft zum Abschied drei Mal auf die Tische, lächelt, blickt noch einmal Janina tief in die Augen und geht.

„Ein freundlicher junger Mann", bemerkt Janina zunächst fröhlich – und fügt ernster werdend hinzu

„aber zerfressen von Kummer – unübersehbar."

„Was quält ihn nur?", beendet Hunter mit einer abschließenden Frage das abendliche Dinner.

Beim Frühstück gelingt es Hunter, die Bedienung in ein Gespräch zu verwickeln. Janina unterstützt ihren Partner sofort, indem sie dem Mädchen, vielleicht eine Studentin, einen zusammengerollten 20 Pfundschein in die Hand drückt.

Die Bedienung schwirrt zunächst ab, wohl um die Höhe des Scheins zu prüfen, kehrt aber sogleich zurück. Sie stützt sich jetzt ganz vertraulich direkt neben Janina auf dem Tisch ab.

„Vielen Dank für das Geld", haucht sie leise und fragt dann höflich, aber etwas lauter

„noch Kaffe, noch Tee? Haben sie hier im Dorfkrug eine schöne Zeit?"

„Erstaunlich, was so`n Scheinchen bewirkt", murmelt Hunter kaum hörbar.

„Ja, alles sehr schön", beantwortet Janina die Frage der freundlichen Bedienung und fährt fort,

„wenn da nur dieser traurige junge Mann nicht wäre – sie wissen schon – der Blonde im Kakianzug, gestern Abend an unserem Tisch."

„Ja, das ist Raimondo, der bekannteste Mann aus unserem Dorf – der Cheffahrer der schönen Prinzessin Aphrodite."

„Das hat er uns auch schon gesagt. So ein junger Mann müsste doch eigentlich voller Freude jauchzen über diesen interessanten Job. Könnte mir vorstellen, dass er viele Neider hat."

„Wohl nicht. Sie wissen ja wie das so auf einem Dorf ist. Jeder kennt jeden. Jeder weiß alles vom anderen, genauso wie in einer großen Familie."

„Gibt es Kummer?", fragt Hunter vorsichtig, als hätte er bereits eine gewisse Vorahnung.

„Ja, seit gestern", antwortet das Mädchen,

„es geht das Gerücht um, dass es mit Raimondo zu Ende geht. Blutkrebs im letzten Stadium!", und sie atmet tief ein, ausholend wie zu einem letzten Rundumschlag.

„Sehen sie sich sein Kind an, auch darüber schwebt schon der Tot. Die arme Frau, seine arme Ehefrau Ming-Ming – meine Schwester – welch ein Unglück über dieser noch so jungen Familie!

Was hat sich der liebe Gott nur noch Weiteres ausge-dacht?" dreht sich um – Tränen kullern über ihr Gesicht und sie stürmt aus dem Frühstücksraum, ganz so, als würden sie unsichtbare Mächte hetzen.

# 17

Der Nacht-Club »Kus-Kus« ist brechend voll, obwohl der Zeiger der Uhr schon auf 5.00 Uhr morgens steht. Die Tanzfläche ist ziemlich belegt. Zu leiser zärtlicher Musik wiegen sich die Pärchen sehr langsam, passend zum Rhythmus.

Vom Band läuft gerade ein Schmusesong, der so klingt wie »All I Have To Do Is Dream« von den Everly Brothers, der auf Erde I immense Verbreitung gefunden hatte. Ähnliche Rockballaden, die vor Jahrzehnten großen Erfolg hatten, sind offensichtlich auch im »Kus-Kus« auf der »Keraner- Erde« sehr gefragt.

Einige Paare beenden soeben ihren Tanz und gehen zu ihren Sitzplätzen. Sie machen unaufgefordert Platz, denn der Star des Abends hat die Tanzfläche betreten – die schöne Prinzessin Aphrodite.

In ihrer Begleitung ist Omar, der Sohn eines Scheichs aus einem fernen Wüstenland.

Der Tisch, an dem die beiden vorher saßen, liegt etwas abseits in einer Ecke des riesigen Clubraumes. Er ist wie alle anderen Tische mit den dazugehörigen Clubsesseln so angeordnet, dass die Gäste die Tanzfläche beobachten können. Obwohl alle Sitzelemente wie ein riesiges Rund um die Tanzfläche herum führen, wirkt die gesamte Ausstattung der Bar doch gemütlich, geradezu anheimelnd. Das liegt wohl überwiegend daran, dass an allen Wänden stufenförmige Nischen eine Unmenge von Lampen mit gedämpftem Licht beherbergen, was den familiären Charakter des Ganzen fördert.

Etwas gewöhnungsbedürftig ist der Discjockey (DJ), der in einer Art Raumschiff unter der wie ein Himmelszelt geformten Decke immer genau nach einer Stunde den gesamten »Himmel« umkreist hat.

Der Tisch der Prinzessin ist zusätzlich abgesichert durch eine eineinhalb Meter hohe Balustrade, die aus der besagten Ecke ein abgetrenntes Separee in Dreiecksform macht. Rechts und links von der Balustrade stehen zwei Leibwächter des Scheichsohns. Sie wirken wie steinerne Säulen – völlig bewegungslos, geradezu wie angewurzelt.

Beide, wohl über zwei Meter groß, tragen offenbar Schwerter, die sie bei Bedarf vom Rücken aus ziehen können, indem sie rückwärts über die Schulter greifen.

Der Club ist dafür bekannt, dass er zur Sicherheit der Gäste deren extravagante Schutzmaßnahmen zulässt. Allerdings weiß jeder, dass Schusswaffen nicht erlaubt sind. Eine Untersuchung auf Waffen findet aber nicht statt, weil die Einlasskarten bereits Monate vorher vergeben werden – und auch nur an sehr prominente, vorgemerkte Gäste, denen man vertraut.

An dem großen Tisch sitzen zurzeit noch acht Personen. Vier junge dunkle Männer, wohl auch aus einem Wüstenstaat – alle sind gekleidet in dunkle Anzüge, weiße Hemden mit Seidenkrawatten. Auch die vier Damen tragen exotische Gesichtszüge – vier dunkelhaarige Schönheiten in langen schwarzen Kleidern.

Die Gesichtszüge der vier Männer und ihrer Begleiterinnen sind derart ähnlich, dass man annehmen könnte, alle acht wären auf einem Familienausflug – zudem sind sie sehr jung, wohl Anfang zwanzig.

Bemerkenswert: Kein lautes Lachen, nur dezente nicht störende Unterhaltung – fremdländischer Akzent. Man sieht wohlerzogene junge Leute – kein Alkohol – niemand raucht!

Wenn Aphrodite und Omar mit am Tisch sitzen, fallen sie extrem auf, denn: Der Scheichsohn trägt einen schneeweißen Smoking mit schwarzer Samtfliege. Er sticht aber auch wegen seines Alters hervor, denn er dürfte bereits etwa 40 sein – also doppelt so alt wie die anderen. Auch die Betrachtung seines Gesichtes legt die Vermutung nahe, er wäre, verglichen mit seinen Freunden, eher ein erfolgreicher Geschäftsmann.

Bei den anderen Acht hat man den Eindruck als befänden sie sich mehr auf einer Entdeckungstour mit dem Ziel, Erkundung der Umwelt und Erkundung des Lebens.

Aphrodite ist natürlich der absolute Star – und das nicht nur wegen ihres Adelstitels und ihrer Popularität, sondern ganz besonders wegen ihres ungewöhnlichen Aussehens.

Ihr schulterfreies, eng anliegendes, rot samtenes Kleid, bei dem auch die Arme nicht bedeckt sind, fällt unter den neun anderen am Tisch derart auf, als befände sich ein Diamant zwischen Halbedelsteinen.

Das lange blonde Haar, wallend bis auf die nackten Schultern – über der Stirn so etwas wie ein geflochtenes Band mit kleinen roten Steinen – in der Mitte eine winzige Krone – auch in Rot, passend zum roten Samt ihres Kleides!

Das war vor einer Stunde der Höhepunkt des Abends, als Omar dieses Band der Prinzessin in das blonde Haar wand. Dabei befanden sich beide etwas seitlich zum Publikum, obwohl die Prinzessin saß und ihr Begleiter stand.

Es ging sogleich das Gerücht um, dass es sich um unermesslich teure, ganz einmalige Blutrubine handeln würde, die einst eine ägytische Königin getragen haben soll.

Das Ganze wirkte auf die Anwesenden wie ein »Verlobungsgeschenk«, dass mit großer Sorgfalt und wohl auch liebevoll von Omar ausgesucht worden war – und das, obwohl die Prinzessin noch mit dem Thronerben eines Riesenreiches verheiratet ist!

Kein Wunder, dass das Interesse der Discobesucher an dieser Geschichte durch diesen Akt der Zuneigung geweckt ist. Das zeigte sich insbesondere in dem Moment, als der Scheichsohn der Prinzessin die Rubine anlegte. Es waren die kleinen Gesten, die das Publikum so in den Bann schlugen – das beinahe zärtlich zu nennende Nesteln in ihrem Haar, das verschämt, liebevolle Niederblicken in die strahlenden Augen der auf dem Stuhl sitzenden hoheitlichen Schönheit.

Alle Anwesenden beobachteten zunächst das Geschehen wie gebannt. Es herrschte absolute Stille – man hätte die berühmte »Nadel fallen hören« können.

Doch dann schlug die gespannte Erwartungshaltung um und entlud sich in einem unbeschreiblichen Jubel, begleitet durch rhythmisches Klatschen und Freudenrufe. Der Schallpegel, verstärkt durch unterstützende Geräusche aus der Musikanlage des DJ`s, muss sicherlich auch nach draußen zu den vielen Neugierigen auf der Straße gedrungen sein.

Nun tanzen die Prinzessin und ihr »Ölprinz«!

Ein schönes Paar – er in Weiß und sie in Weinrot – das sich zu romantischer Musik, engumschlungen im Takt wiegt, als wollten beide niemals mehr auseinander gehen.

Nur ein paar Meter von dem »Prominententisch« entfernt, in einer kleinen Nische, sitzen Hunter und Janina – sie mit schwarz gelockten Perückenhaaren und züchtig bis zum Hals geschlossenem Kleid, Hunter mit weißem Turban und dunklem Smoking, heute mit Samtschleife.

Falls das Pärchen aufsteht, fällt merkwürdigerweise gar nicht, wie sonst, der extreme Größenunterschied auf. Wer die beiden kennt, könnte sich fragen: Trägt Janina möglicherweise flache Schuhe und Hunter solche mit Einlagen, die die Person größer machen?

Sie trinkt Wein, er Gin-Tonic – also doch keine echten »Muselmanen« – denn Alkohol ist bei denen verpönt.

Auf der Tanzfläche sind jetzt nur noch die Prinzessin und ihr neuer Herzens-Favorit – weiterhin eng umschlungen.

Alle anderen haben aus Achtung und aus Ehrerbietung diesen beiden gegenüber auf das Tanzen verzichtet und beobachten wie gebannt die beiden Tänzer. Es liegt eine prickelnde Spannung in der Luft, man kann sie regelrecht mit den Händen greifen. Sie ist sicher das Ergebnis mehrerer Komponenten, da man sich sowohl die mögliche Reaktion der Monarchie ausmalt als auch an eine gemeinsame Zukunft von Aphrodite und Omar denkt.

„Jetzt ein Foto", flüstert Janina direkt in Hunters Ohr, so dicht, dass er die Bewegung ihrer vollen Lippen spürt. Hier drin ist Fotografieren strengstens untersagt, aber dort draußen, vor der Prominentendisco, dort kämpfen bereits 150 Paparazzi um die besten Plätze.

„Die Prinzessin wird erwachsen – sie wird selbständig", flüstert Hunter,

„sie verlässt endgültig ihre Familie."

„Die Story schlägt ein, wie eine Bombe! Und die Bilder erstmal – ich nehme an, man gestattet allen, das »Neue Glück« zu fotografieren."

„Welch eine Ohrfeige für die königliche Gegenseite – welch ein Affront", beendet Hunter das Gespräch.

# 18

Die Yacht ist groß, und die Yacht ist schön. Sie ist ein äußerst bemerkenswertes Schiff. Der Scheichsohn Omar hat den Bootskörper auf einer Spezialwerft und den gesamten Innenausbau auf einer weiteren Werft vornehmen lassen – und alles nach eigenen Plänen.

35 Meter lang und fast 13 Meter breit wirkt sie eigentlich sehr schnittig, ist aber auch mit genügend Auftrieb an wichtigen Stellen versehen, so dass das Schiff selbstschwerste Stürme und allergrößten Seegang bewältigen

kann. Ein antimagnetischer Stahlkörper sorgt für allergrößte Festigkeit.

Die Inneneinrichtung besteht aus edlen Hölzern – überwiegend Mahagoni und Teak. Auch das gesamte Oberdeck wurde aus Teakholz gefertigt. Es wird regelmäßig mit Sand und Wasser gescheuert, wobei dann die gesamte Oberfläche ein schneeweißes Aussehen erhält.

Zur Sicherheit hat das Schiff drei total abgeschottete Abteilungen. Es ist sogar noch schwimmfähig, wenn zwei Abteilungen mit Seewasser volllaufen, ganz im Gegensatz zu der unglücklichen Titanic auf Erde I, die 1912 über diesen Komfort nicht verfügte. Ein Extra-Diesel und zwei starke Absaugpumpen sind derart abgekapselt, dass sie auch arbeiten, wenn alles unter Wasser steht.

Für den Schiffsvortrieb dienen zwei Dieselmotoren; jeder hat seine eigene Antriebsschraube. Ein dritter Antrieb kann bei Bedarf über die drei Hilfsdiesel genutzt werden, die über Generatoren das gesamte Schiff mit elektrischer Energie versorgen. Falls erforderlich, können zwei Elektromotoren über einen eigenen Propeller einen Sicherheitsvortrieb gewährleisten, falls beide Hauptmaschinen einmal ausfallen sollten.

Über die mögliche Höchstgeschwindigkeit des Schiffes wird nur spekuliert. Sie ist nicht bekannt – nicht einmal die Reisegeschwindigkeit kennt man.

Prunkstück ist ein kleines Schwimmbad, wohl wegen der Gewichtsverteilung vor der Kommandobrücke angeordnet. Es kann aber mit Metallplatten zugeschoben werden, um auch als Landeplatz für einen zierlichen Helikopter zu dienen.

Der Wohnbereich für den Schiffseigner und seine Gäste ist mittschiffs. Offiziere und Mannschaft wohnen achtern. Der Kapitän und der dritte Offizier, der gleichzeitig auch Funker ist, haben ihre Kajüten unmittelbar an der Kommandobrücke. Der erste Offizier, der erste Ingenieur (allgemein Chief genannt) und der zweite Ingenieur verfügen über einen eigenen Bereich. Die übrige Mannschaft wohnt – wie erwähnt – ganz achtern. Wiederum abgesondert befinden sich die Kajüten von vier Sicherheitsleuten – zwei riesengroße Männer aus dem Volk Omars und zwei Einheimische, ehemalige Fremdenlegionäre.

Eine besondere Stellung an Bord hat der Koch inne, denn er und zwei Helfer tragen durch gutes Essen zum Wohlbefinden aller, verbunden auch mit guter Stimmung, bei.

Modernste Astronavigation, aber auch drei »stinknormale« Sextanten mit den nötigen Sonnen- und Sternenbüchern und genauen Zeitmessern (Chronografen) gewährleisten immer die exakte Ermittlung der Schiffsposition in Längen- und Breitengraden. Über Bewaffnung ist nichts bekannt, es wird aber gemunkelt, dass auch schweres Gerät an Bord sei. Wie das dann beim Einlaufen in fremden Häfen abläuft, wenn Zoll und Polizei an Bord kommen, bleibt für jedermann ein Rätsel.

Das Schiff macht zurzeit 10 Knoten (etwa 18,3 Kilometer pro Stunde). Die See kommt von vorne, was zur Folge hat, dass auch schon mal etwas Schaum auf das Vorderdeck spritzt. Die Wellentäler sind entsetzlich lang, so dass man den Eindruck hat, dass das Schiff mal nach oben und dann wieder nach unten fährt. Der höchste Punkt ist immer dann erreicht, wenn die riesigen Wellen am Schiffskörper ankommen, ihn anheben und gurgelnd nach achtern weiterlaufen. Es herrscht eine sehr starke Dünung, obwohl gar kein Wind vorhanden ist. Man spürt eigentlich nur den Fahrtwind – also immerhin 10 Knoten von vorne.

Aphrodite hat sich schon alles erklären lassen. Besonders fasziniert ist sie vom Radar, wenn man des Nachts auf dem riesigen beleuchteten Schirm jedes Fischerboot und auch die Küstenkonturen erkennen kann.

Jetzt steht sie mit Omar auf der Steuerbord-Nock, der rechten Seite neben der Kommandobrücke. Beide sind vorne über die Balustrade gebeugt, einem gebogenen Windabweiser. Sonst scherzen sie viel, doch im Augenblick geht jeder eigenen Gedanken nach.

„Obwohl das Schiff ja nicht gerade klein ist, wirkt es doch in der Wasserwüste des Ozeans ein wenig wie verloren", so geht es Aphrodite durchs Köpfchen. Sie blickt ihrem Begleiter seitwärts in die Augen und fühlt sich sicher in seiner Nähe. Nun legt ihr Beschützer auch noch die rechte Hand auf ihre Schulter, als könnte er Gedanken lesen.

Hoch oben steht die Sonne und es zeigen sich zusätzlich einige Kumuluswölkchen am strahlend blauen Himmel. Der Kapitän meint, gegen Abend könnte etwas Wind aufkommen, was auch mit dem Wetterbericht übereinstimmt. Etwas Wind könnte heißen: drei Beaufort (stärkere Brise). Besonders abends kommt es vor, dass die Windgeschwindigkeit manchmal zunimmt, aber der Wind auch häufig ganz »einschläft«.

Bereits um 20 Uhr wollen sie den nächsten Hafen erreichen, einen riesigen Yachthafen mit unzähligen teuren Booten – vielfach von Prominenten. Auch die »Seven-Seas«, so heißt die Yacht des Scheichsohns, hat dort ihren Heimathafen.

Prinzessin Aphrodite ist nun schon volle drei Tage an Bord und genießt die neue Welt. Alles ist für sie völlig ungewohnt, aber dennoch hochinteressant. Mit fraulicher Neugier geht sie allen Dingen auf den Grund. Besonders beruhigend sind für sie die beiden Rettungsinseln Backbord und Steuerbord sowie ein kleines Boot achtern. Sie hat gestern gesehen, dass dieses Boot, hier genannt »Nummer 3«, über zwei Stahlträger sehr schnell ins Wasser herabgelassen werden kann. Eine Seilwinde zieht es dann wieder nach oben. Aphrodite hat dieses System schon bei der Schiffstaufe eines Rettungskreuzers kennengelernt, wo sie als Taufpatin eingeladen war.

„Interessant und auch beruhigend", vermerkt sie für sich selbst nach eingehender Betrachtung der Rettungseinrichtungen.

Der Prinzessin sind natürlich nach drei Tagen Seefahrt noch keine »Seemannsbeine« gewachsen. So ist es dann auch nicht verwunderlich, wenn sie sich wünscht, nach einiger Zeit wieder festen Boden unter den Füßen zu haben. Sie freut sich schon jetzt auf ihr bequemes Hotelbett, obwohl es sich auch hier an Bord hervorragend schlafen lässt – besonders dann, wenn einen die Wellen ein wenig wiegen.

Vorne kreuzt ein riesiger Tanker ihren Kurs, tief abgeladen hat er wohl mehr als 200.000 Tonnen Öl an Bord. Er möchte wahrscheinlich noch im Hellen die nächste Landzunge umfahren, denn er hat ziemlich Fahrt drauf.

Steuerbord voraus dümpelt ein Fischerboot ganz furchtbar, und man kann gar nicht erkennen, ob der Fischer fischt oder aber einen Maschinenschaden hat. Jetzt sind sie etwa auf gleicher Höhe mit dem Fischer. Der gibt nun sein Geheimnis preis, denn aus nur 35 Metern blitzen plötzlich die riesigen Objektive von Fotografen auf – man hat die Prinzessin also schon erwartet und ist ihr auf hoher See entgegen gefahren.

Urplötzlich sinkt bei Aphrodite die gehobene Stimmung, weil sie an das Blitzlichtgewitter denkt, das im Hafen auf sie zukommt. Soeben fing sie an, sich in der Wasserwüste heimisch zu fühlen, das salzige Meer auch zu schmecken, doch nun ist dieser Geschmack verschwunden.

Der Steward kommt und reicht der Prinzessin einen Erfrischungssaft. Omar trinkt nichts. Er hat Zeit, die Prinzessin genauer anzusehen und bemerkt, dass sie bereits eine ganz gesunde Seemannsfarbe bekommen hat. Er ist eigentlich darüber etwas erstaunt, denn sie schützt Körper und Gesicht vor Sonne und Luft durch dauerndes Cremen, aber auch häufig durch schleierartig wallende Tücher.

Heute trägt sie einen flotten Khakianzug, er Hose und Hemd aus weißem Leinenstoff. Beide haben Turbane angelegt und bestaunen sich gegenseitig.

In der Backbord-Nock stehen der Kapitän und der Chief. Der Kapitän hat bereits seine Landuniform angelegt – weiß mit vier goldenen Streifen auf den Schulterklappen. Der Chief trägt einen Khakianzug wie die Prinzessin, aus hautfreundlicher Baumwolle.

„Was wird das alles noch bringen – die Geschichte mit »unserer Prinzessin« und »ihrem Liebling«?“, beginnt der Chief das Gespräch mit einer Frage.

„Bin selbst gespannt – ein wenig fürchte ich mich schon jetzt vor dem, was noch alles auf uns zukommen kann“, antwortet der Kapitän – und ein besorgter Unterton ist unüberhörbar.

„Tja – Taifune und Hurrikane sind wohl gar nichts dagegen, was uns noch mit den beiden Liebenden alles bevorsteht“, fährt der Kapitän fort

„es zieht möglicherweise ein ganz besonders »TÜCKISCHES WETTER« auf!“

Der Kapitän wirft einen Blick auf den Kompass. Alles normal. Der Autopilot arbeitet hervorragend und sorgt für einen gleichbleibenden sicheren Kurs. Der Anschlag der Kompassnadel wandert nach links und nach rechts und bestätigt, dass das Schiff etwas »giert«. Das ist eine Bewegung im Bugbereich, erst nach Backbord und dann nach Steuerbord – und wieder zurück. Der dritte Offizier ist gekommen – im richtigen Augenblick, denn die Küstenwache ruft über Küstenfunk:

„»Seven-Seas« – »Seven-Seas« – bitte kommen!" Dann folgt ein kurzes Gespräch über Position, Kurs und voraussichtliche Ankunftszeit des Schiffes.

Am Horizont tauchen schon die riesigen Kräne auf, die an der langen Einfahrt stehen, aber nicht in Betrieb sind. Auch die ersten Fahrwassertonnen sind plötzlich da – Steuerbord grün, Backbord rot. Nun folgt noch eine Stunde Revierfahrt am Haupthafen vorbei. Dann tut sich der Yachthafen wie ein großer Binnensee auf – ein Idyll mit Palmen, kleinen Strassen, vielen, zum Teil großen Booten und unzähligen Geschäften, Hotels und Restaurants.

Bereits während der Revierfahrt blitzte es überall links und rechts auf. Viele Hobbyfotografen hofften auf das Bild ihres Lebens – Prinzessin Aphrodite »das Objekt aller Begierde«.

Der Jachthafen ist voller Menschen. Am Anlegesteg der »Seven-Seas« wartet das Fernsehen und unzählige Paparazzi drängeln. In einem abgegrenzten Bereich steht schon die Limousine des Scheichsohns. Chauffeur ist Raimondo, Bediensteter der Prinzessin. Er rutscht bereits voller Ungeduld auf seinem Sitz hin und her – natürlich hört er Skiffle und Rock zu seiner Beruhigung.

Nachdem die Leinen fest sind, kommen auch schon die Prinzessin und ihr Omar vom Schiff herunter. Während sie über den Steg gehen, bleibt die Prinzessin mit einem Absatz ihrer Stöckelschuhe in einem Holzspalt hängen und fällt fast zu Boden. Nur dem beherzten schnellen Zugreifen ihres Begleiters ist es zu verdanken, dass sie nicht stürzt.

Die Papparazzi schreien auf und kämpfen um das sensationelle Fotomotiv – »**die königliche Prinzessin, nun-**

mehr endgültig angekommen in den Armen ihres neuen Beschützers«.

„Tolles Bild", brüllt auch Hunter und malträtiert die Kamera, was das Zeug hält.

„Schade, dass wir nicht ins Hotel kommen", wechselt Janina schon das Thema.

„Ist doch gar kein Problem, habe den Oberkellner bestochen und ihm ein kleines sehr unauffälliges, aber extrem starkes Handtonbandgerät aufschwatzen können. Bei 5000 Pfund war er ganz happy."

„Jetzt geht alles in eine neue Phase."

„Ja, die nächste Boxrunde beginnt. Punktrichter sind das Publikum und die Presse."

„Die verheiratete Königsgemahlin »im Bett eines dunkelhäutigen Wüstenmannes« – undenkbar!", Janina ist empört.

„Das Liebesnest ist schon gemacht. Sie bewohnen wieder die Präsidentensuite im »Sheridan«, wusste mein Oberkellner schon gestern."

„Also Ehebruch unter den Augen von Millionen – na dann gute Nacht mein Kind."

„Sieh mal, 100 Paparazzi fahren hinterher und 100 warten sicher bereits am »Sheridan«."

Engumschlungen sieht man noch kurz das Paar im Fond der Limousine – nur ein wenig abgedeckt durch den großen Strohhut der Prinzessin.

„Es folgt der Gong zur letzten Runde", sagt Janina.

„Nein, noch nicht, dies ist erst Runde elf – die vorletzte", verbessert Hunter,

„der Kampf ist noch nicht zu Ende!"

# 19

Drei Monate später sitzen sich Mr. Gordon und Hunter erneut gegenüber.

Mr. Gordon wirkt irgendwie anders als sonst, das fällt Hunter sofort auf.

„Was ist denn los mit diesem von allen Hunden gehetzten Geheimdienstchef? Gordon muss schon so eine Art Chef sein mit Verbindungskanälen nach ganz, ganz oben", das ist Hunter schon lange klar,

„doch was will er heute, so ganz außerhalb der Reihe und so plötzlich?"

„Mr. Hunter", beginnt Gordon, wobei er seinen Kugelschreiber mit den Fingern der linken Hand dreht.

„Mr. Hunter", beginnt er erneut.

„Das wird ja spannend", denkt Hunter – und spannend wird es allemal.

„Mr. Hunter", beginnt Gordon zum dritten Mal,

„es wird ernst, und zwar bitterer Ernst."

Er macht eine Pause, sieht Hunter abschätzend an und fährt fort:

**„Das Objekt ist zu beseitigen!** – Anweisung von ganz oben."

Hunter lauscht sprachlos. Sagen kann er nichts – weiß aber sofort, was los ist.

„Die Prinzessin ist schwanger und da liegt der Knackpunkt. Wir wissen das von ihrem Leibarzt persönlich. Würde keine Schwangerschaft vorliegen, könnte das Katz- und Mauspiel zwischen Königshaus und Prinzessin bis in alle Ewigkeit weitergehen. Oder aber die Geschichte würde sich auf die eine oder andere Art selbst erledigen – möglicherweise festfahren und damit für die Öffentlichkeit völlig uninteressant werden."

Hunter ist tief in den Sessel gerutscht. Er drückt beide Handflächen vor der Brust gegeneinander. Jeder, der ihn kennt, weiß, ein ganz untrügliches Zeichen für extreme Ruhe und Konzentration.

„Falls die Prinzessin den Bastard zur Welt bringt, besteht die Gefahr, dass irgendwann einmal ein Ausländer König unseres Riesenreiches wird – ganz undenkbar."

Hunter hat kapiert, rutscht noch tiefer in den Sessel, die Knöchel seiner Hände knirschen.

„Dieser Fall kann eintreten, falls der Herzog stirbt und auch die beiden Prinzen Franco und Alexander – ein Unglück für das ganze Land, einfach unmöglich!

Das Beobachtungsobjekt einschließlich Bastard ist zu entfernen! Befehl von allerhöchster Stelle!

Sie, lieber Mr. Hunter, sind dazu ausersehen, die Angelegenheit zu regeln."

„Donnerwetter, das ist ernst. Und noch nie hat mich Gordon mit »lieber Mr. Hunter« angesprochen", denkt Hunter für sich selbst.

Gordon fährt fort:

„Ich erläutere ihnen nun die Grundidee – alles andere liegt in ihrem eigenen Ermessen!"

Mr. Gordon doziert und Hunter hört interessiert zu. So geht das eine ganze Stunde. Gerade als der Vortrag endet, wird Hunter völlig unerwartet, wie von Geisterhand, plötzlich fast vom Stuhl gefegt – denn der Walfänger schlingert ganz entsetzlich.

„Kommen sie mit nach draußen, dort können wir uns verabschieden!", fordert Mr. Gordon seinen Zuhörer auf und beide treten in die Dunkelheit hinaus, obwohl das Schiff immer noch nicht zur Ruhe gekommen ist.

Hunter erschrickt, staunt nicht schlecht über das Riesenungetüm unmittelbar neben dem Walfänger. Hunter hat schon immer vermutet, dass es noch etwas anderes geben müsste, außer dem schon äußerst unheimlichen Fangschiff. Dieses kommt schon auf gute 60 Meter Länge, aber das Riesen-U-Boot, das sich in der Dunkelheit nur schemenhaft gegen den Horizont abzeichnet, ist doppelt so lang.

Nun wird so eine Art Gangway rübergeschoben und Gordon turnt Richtung Kommandoturm des U-Bootes.

„Auf Wiedersehen, Mr. Hunter, viel Erfolg!"

„Auf Wiedersehen, Mr. Gordon", und Hunter, der ausgefuchste Spionageabwehrmann, hat das Gefühl, ja ahnt:

„Es wird kein Wiedersehen geben!!"

# 20

Raimondo, der Chauffeur der schönen Prinzessin Aphrodite weint. Die Tränen laufen nur so in Sturzbächen an seinen Wangen hinunter. Er liegt in den Armen von Janina, auch sie weint, sie schluchzt bitterlich! Sie hält Raimondo wie ein Kind an sich gedrückt, wobei Raimondo sein Gesicht auf den Riesenbusen der schönen Blondine, wie auf ein weiches Kissen gebettet hat.

Janina und Raimondo sind im Fond des großen Wagens, während Hunter auf dem Fahrersessel sitzt, den beiden hinteren Personen das Gesicht zugewandt.

„Ja, wenn ich noch einmal zur Sache kommen darf",
beginnt Hunter, der extra für diesen Zweck diesen großen abgedunkelten Personenwagen bei einer Spezial-
firma geliehen hat, um jede Möglichkeit einer Beobachtung durch unerwünschte Zeugen von vornherein auszu-
schließen.

Sie befinden sich an der größten von fünf Kiesgruben,
alle mit Wasser gefüllt. Das Auto parkt ziemlich erhöht,
so dass Hunter einen guten Überblick auf das untere
Gelände hat. Er kann von hier aus drei weitere kleine
Fahrzeuge und ein Motorrad ausmachen. Die beiden auf
dem Motorrad knutschen, und ähnlich wird es wohl
auch in den drei Autos zugehen. Die fünf Kiesgruben
sind ein beliebter Treffpunkt für verliebte Pärchen, wie
auch heute, wo es in diesem Moment beginnt, schummrig zu werden.

„Wenn ich noch einmal zur Sache kommen darf", beginnt Hunter zum zweiten Mal, und er fühlt sich gar
nicht wohl bei dem, was noch zu sagen ist – er fühlt sich
richtig mies!

„Also, Raimondo", beginnt Hunter erneut, und man
merkt, wie selbst diesem ausgebufften Spionagemann
der zu vermittelnde Sachverhalt so gar nicht über die
Lippen kommen will.

„Wir haben uns ihre Krankenakte und auch die ihres
Jungen besorgt; sie verschafften uns ja freundlicherwei-
se Zugang. Unsere Experten haben genau das bestätigt,
was auch ihre Ärzte sagten. So traurig es ist, alle kommen zu dem gleichen Schluss – wir können uns jegli-
ches Drumherumreden ersparen – fangen wir bei ihrem
lieben Sohn an", und er macht eine Pause.

„Wenn Carlos nicht bald in die Hände der besten Ärzte
kommt, dann ist er verloren. Wie sie wissen, hat er eine
sehr seltene, noch nicht völlig erforschte Krankheit, die
unseren Genetikern einige Rätsel aufgibt. Die bisheri-

gen Gutachten sagen übereinstimmend, dass alle Glieder des kleinen Carlos von dieser heimtückischen »Seuche« befallen werden – alles wird schwarz, das Gewebe stirbt ab und Carlos ist in spätestens 10 Jahren tot! Das Leiden des Jungen ist verbunden mit unsäglichen körperlichen Schmerzen und dem furchtbaren Schmerz der Seele. Denn wie sie wissen, hat seine Umwelt keinerlei Verständnis. Das ist nun einmal so, und die Mehrheit entscheidet, wer oder was anders ist als sie selbst, wird gnadenlos nieder gemacht!"

„Gibt es denn gar keine Hoffnung?", fragt Raimondo und seine Stimme klingt leise und unsicher,

„auch nicht ein kleines bisschen?"

„Nein, die Chancen für eine Heilung sind gleich Null! Bedenken sie auch, dass ihre liebe Ehefrau Ming-Ming zusammen mit ihrem Sohn zu Grunde geht. Lange hält sie den Kummer sowieso nicht mehr aus. Wahrscheinlich stirbt sie schon vor ihrem Sohn, noch ehe die 10 Jahre vorüber sind. Also gibt es auch keinerlei Hoffnung für Ming-Ming."

Hunter reicht zwei Getränkedosen nach hinten. Raimondo leert seine in einem Zug, während Janina ihre beiseite legt.

Hunter zieht einen Whisky-Flachmann hervor und auch er nimmt zwei große Schlucke.

„Bei ihnen, lieber Raimondo, liegt die Sache noch einfacher. Sie sterben innerhalb der nächsten sechs Monate. Und ihre Ehefrau kann sogleich zwei weitere Särge bestellen – einen großen für sich selbst und einen kleinen für ihren hübschen blonden Carlos."

„Was soll ich nur machen? Wie soll ich mein »Ein und Alles« trösten? – Wer gibt meiner Frau die Kraft, weiterzuleben?", schluchzt Raimondo beinahe tonlos.

„Wir haben also", fährt Hunter mit belegter Stimme fort,

„in den nächsten 10 Jahren mit an 100 Prozent grenzender Wahrscheinlichkeit drei Sterbefälle: eine ganz junge Familie verlässt diese Welt – Vater, Mutter und auch das Kind!" Er macht eine kurze Pause.

„Es sei denn", fährt Hunter fort.

„Es sei denn?", fragt Raimondo völlig erstaunt zurück, und es schwingt so etwas wie ein Hauch von Hoffnung in seiner Stimme mit.

„Es sei denn, lieber Raimondo", nimmt Hunter einen erneuten Anlauf,

„sie opfern sich für die anderen beiden. Dann könnten ihre Ming-Ming und ihr Sohn weiterleben!"

Die beiden Zuhörer sind sprachlos, geradezu entsetzt. Doch dann bricht es aus Raimondo förmlich heraus:

„Wie das? Das ist doch Unfug! Völlig unrealistisch! Die Diagnose ist doch eindeutig! Ich töte mich sofort selbst, hier auf der Stelle!"

Und er zieht aus einem Halfter, das auf seiner Brust verborgen war, ein sehr gefährlich aussehendes gezacktes riesiges Kampfmesser hervor.

„Ich bin auf alles vorbereitet. Ich habe auch eine Beretta mit Waffenschein. Ich könnte natürlich auch uns alle drei töten. Das Szenario habe ich schon viele Mal durchgespielt. Aber ich weiß mittlerweile, dass ich dazu gar nicht fähig bin. Es wäre für mich nicht möglich, weder meiner Ming-Ming noch meinem Carlos irgendetwas anzutun! Reden und Machen sind zwei völlig unterschiedliche Dinge!"

Alle drei ringen nach Luft, zu gewaltig waren die emotional aufgeladenen Worte, die ihr Innerstes aufwühlten.

„Und doch gibt es die Möglichkeit ihre beiden Lieblinge zu retten."

Hunter fängt noch einmal an, richtet dazu seinen kleinen Körper so weit wie möglich auf, ganz so wie ein sich aufplusternder Hahn, der den anderen Hähnen gegenüber seinen Mut zeigen will.

„Dazu müssen sie sich allerdings selbst töten. Allerdings ….. müssen sie die Prinzessin und ihren Liebhaber »MITNEHMEN« ….. mit dem Auto gegen einen Betonpfeiler krachen!"

Hunter keucht – sein Atem rasselt ….. es ist heraus!

Die beiden anderen sitzen mit weit aufgerissenen Augen auf dem Rücksitz, unfähig auch nur einen Laut herauszubringen. Und sie rutschen, wie von der Bürde des Gesagten in das Sitzpolster gedrückt, ganz tief nach unten.

Alle drei in der Limousine sind wie gelähmt, keines Wortes fähig – es herrscht betroffenes Schweigen. Man merkt, jeder geht den eigenen Gedanken nach.

Sie brauchen Zeit, das Gesagte zu verarbeiten, doch wie soll man Hunters Worte, die wie Keulen auf die anderen beiden einschlugen, einordnen, verstehen, begreifen?

Raimondos Gesicht ist von fahler Farbe – weiß wie der Tod – passend zur einsetzenden Nacht

- irgendwie auch passend zu einer unheimlichen Nacht
- passend zu unwirklichen Lebewesen, die die Dunkelheit lieben
- wie Eulen, Käuze, Fledermäuse – lautlose Jäger mit der Scheu vor dem Licht
- unheimliche Gesellen, die etwas Geisterhaftes an sich haben

ganz so wie auch Raimondo jetzt!

Das Blut scheint das junge Gesicht gänzlich verlassen zu haben, ein um Jahre gealtertes Antlitz. Die Gedanken jagen kreuz und quer durch das Hirn.

Eine Ordnung scheint zunächst nicht möglich. Und es schlägt wie mit einem Vorschlaghammer auf den jungen Mann ein ….. mit der alles entscheidenden Frage:

„MING-MING und CARLOS

oder

DIE PRINZESSIN?"

Ein Abwägen ist undenkbar – allzu schrecklich sind die beiden zur Auswahl stehenden Möglichkeiten!

Die Prinzessin opfern für das Leben seiner geliebten Frau – sie opfern für das Überleben von Carlos. Anders ausgedrückt: Die Prinzessin ermorden um den Preis des Lebens seiner Lieben! Die schöne Aphrodite hinmeucheln und auch ihren Geliebten!

Wenn da nur nicht seine übergroße Hochachtung und Bewunderung für die junge Prinzessin wäre: Er, Raimondo, hat sie jahrelang gefahren, sie regelrecht beschützt, kennt alle ihre Geheimnisse.

Er ist ein stiller Verehrer der weltweit angesehenen Frau, die so viel gelitten hat in ihrem jungen Leben. Trotz aller Bewunderer ist sie völlig alleine. Raimondo hat Bäche von Tränen gesehen, die dieser Mensch vergossen hat, im Bewusstsein eines übermächtigen Gegners – des Königshauses – gegen das man nichts, aber auch gar nichts auszurichten vermag.

Raimondo achtet die Prinzessin als Mensch, aber auch als schwache Frau in einem schier aussichtslosen Kampf.

- Und jetzt soll er, Raimondo, diesen ungleichen Kampf beenden, in dem er die ohnehin bereits Unterlegene umbringt!
- Er, Raimondo, soll sich einmischen und das nicht nur am Rande eines großen Dramas. Nein, er wird zu einer Hauptperson, wird zum Vollstrecker für das Königshaus!
- Er, Raimondo, soll vom glühenden Verehrer der Prinzessin zu ihrem Mörder werden!
- Er soll sich wandeln vom Paulus zum Saulus!

Welch eine menschliche Tragödie für den jungen Raimondo und welch eine Tragödie für seine Prinzessin!

Welch eine Verstrickung zweier junger Erdenbürger!

Welch ein menschlicher Abstieg eines jungen Chauffeurs, falls er sich entschließt, das von ihm am meisten bewunderte Wesen – dazu noch in Person des Arbeitgebers – dahinzumorden!

- Er, Raimondo, würde ein über Jahre gewachsenes Vertrauensverhältnis zerstören!

„Was wäre ich doch für ein schäbiger Charakter, das so geliebte und von mir über alles verehrte Wesen zu vernichten – ihm, diesem Wesen, das Höchste was es hat, zu nehmen – sein junges Leben – das von Gott gegebene Leben einer jungen Mutter, deren Söhne noch kleine hilflose Kinder sind! Wer gibt mir das Recht dies zu tun?

Wie trete ich nach der Tat mit dieser Bürde, einer übergroßen Schuld, meinem Schöpfer gegenüber? Gibt es überhaupt einen Hauch der Rechtfertigung, den kleinsten Anlass für eine Entschuldigung?

Ist überhaupt irgendein Mensch, egal aus welchen Beweggründen heraus, berechtigt, irgendeinem anderen Menschen das höchste Gut zu nehmen – das Leben?

Was wird Gott sagen, wenn ich, Raimondo, vor ihm stehe? ….. Ich, Raimondo, als selbsternannter Richter und selbsternannter Henker eines völlig unschuldigen menschlichen Wesens. ….. Ich, Raimondo, morde bei vollem Verstand und aus völlig »freien Stücken« ….. oder doch nicht???"

Dann – ganz plötzlich – geschieht etwas, womit seine Mitfahrer nicht gerechnet haben: Raimondo schiebt sich ganz langsam aus den tiefen Sitzen nach oben, setzt sich gerade hin, wischt die Tränen vom Gesicht.

Er ist ganz ernst, das Riesenmesser immer noch auf dem Schoß, bricht er das Schweigen. Nach einem inneren Kampf – einem Kampf bis zum Zerreißen – einem Kampf, den er aber ganz alleine führen musste,

> EINEN KAMPF MIT SICH SELBST,

beginnt er nun, ganz ruhig und gefasst, mit zwar leiser Stimme, aber für die beiden anderen deutlich hörbar:

„**Ich mache das!** Unter einer Bedingung: Meine beiden Lieblinge Ming-Ming und Carlos werden so behandelt und versorgt, dass sie tatsächlich weiterleben können, und zwar sorgenfrei.

Wenn ich es nicht mache, macht es sowieso jemand anderes. Ich kann es wenden, wie ich will, der Tod der Prinzessin ist ja sowieso von mir unbekannter Stelle längst beschlossen und damit, was immer ich tue, nicht mehr aufzuhalten."

Alle drei schweigen.

Hunter, der wohl insgeheim diese Bedingung erwartet hat, antwortet Raimondo:

„Wir garantieren: beste Ärzte, umfassende Forschung, erstklassige Unterkunft – bei Bedarf in Krankenhäusern und auch privat – Versorgung bis ans Lebensende, und zwar erster Klasse!"

Nach einer erneuten kleinen Pause fährt Hunter fort:

„Die Prinzessin hat die gesamte Rüstungsindustrie durch Verdammung von Splitterbomben brüskiert. Ihr Tod ist von verschiedenen Organisationen bereits festgelegt und so oder so nicht mehr aufzuhalten – nicht mehr abzuwenden – da haben sie schon recht, Raimondo!"

Nach einer längeren Pause, in der alle drei kein einziges Wort sagen, bricht Hunter die Stille, indem er beginnt, das Ganze etwas zu erläutern:

„Die gesamte Angelegenheit hat nur Erfolg, wenn sie, lieber Raimondo, absolut verschwiegen sind. Ein falsches Wort und wir drei, vielleicht auch Ming-Ming und Carlos, sind nicht mehr. Ihr Schweigen ist unser aller Versicherung – andernfalls besteht höchste Lebensgefahr!"

Hunter gibt noch eine Stunde lang Erklärungen, insbesondere darüber, inwieweit Ming-Ming informiert werden darf. Extra für sie wird eine besondere Geschichte gebastelt, die sie zufrieden stellen soll.

Aber von der Sache selbst erfährt sie zum eigenen Schutze und zum Schutze auch ihres Gewissens nichts!

Raimondo hat Hunter innerhalb der nächsten 14 Tage, gerechnet von heute an, mit dem Losungswort

»JA, DAS BÜNDEL IST GESCHNÜRT«

zu erkennen zu geben, dass er einverstanden ist, die Tat auszuführen. Danach erfährt er von Hunter den genauen Einsatzort und den Zeitpunkt für die Durchführung der Aktion.

Hunter startet den Motor der Limousine, schaltet das Licht an und fährt los. Er steuert die erste U-Bahnstation am Stadtrand an. In der halben Stunde, die sie bis zu ihrem Ziel brauchen, spricht niemand ein Wort.

Hunter stoppt direkt am Bahnhof. Janina drückt zum Abschied beide Hände Raimondos. Der öffnet die Tür, blickt noch einmal zu Janina und geht wortlos.

Hunter startet das Auto erneut und sie fahren weiter, hinein in die sternenklare Nacht.

# 21

Raimondo und Ming-Ming sitzen in ihrem Wohnwagen – ein über 35 Jahre altes klappriges, halbrundes »Ding«. Trotzdem sind sie stolz auf ihre Behausung. Sie nennen sie »Das Nest«, und was sie damit meinen, sieht man sofort, wenn man hineinschaut: eine Rundecke, die zum Schlafen ausgeklappt werden kann – überall bunte Kissen und jede Menge Lampen an den Wänden, geschaltet ähnlich wie ein Weihnachtsbaum – hübsche farbige Übergardinen und weiße Stores dreimal gerafft.

Obwohl der Wohnwagen von außen regelrecht ärmlich aussieht, erkennt man drin, dass jedes Detail liebevoll ausgesucht wurde. Fallen draußen besonders die verrostete Zugstange und die platten Räder ins Auge, die darauf hinweisen, dass das Gefährt wohl vor über 20 Jahren seine letzte Fahrt machte – so zeigt das gepflegte Innere dem Betrachter, dass hier Menschen wohnen, die sich ein schönes Zuhause geschaffen haben.

»Das Nest« ist ein gar trefflicher Ausdruck, denn gemütlicher kann man einen kleinen Innenraum nun wirklich nicht gestalten. Man merkt insbesondere, dass Ming-Ming »Das Nest« geradezu liebt.

Auf dem Tisch der Rundecke, die ja eigentlich ein Halbrund ist, stehen drei große Kerzen. Sie brennen, und ihr flackerndes Licht wirft im kleinen Wohnraum viele Schatten.

Die Übergardinen sind zugezogen und man erkennt, Raimondo und Ming-Ming möchten alleine sein. Ganz alleine sind sie aber nicht, denn im Vorderteil schläft ihr Sohn Carlos. Und beide sind froh, dass der »kleine Bugraum« über eine eigene Tür verfügt. So ist sicher gestellt, dass der Sechsjährige von ihren Problemen nichts mitbekommt – und Probleme haben die beiden reichlich, wie wir inzwischen wissen.

Allabendlich wäscht Ming-Ming den Sohn von Kopf bis Fuß. Sie gehen dazu 30 Schritte über den Hof zur Waschküche von Opa und Oma. Dort können sie dann nach Herzenslust planschen.

Während der allabendlichen Waschzeremonie haben Mutter und Sohn jedes Mal großen Spaß und sie scherzen. Sie spielen dann Pharao in Ägypten, wenn Ming-Ming das kranke Bein wie bei einer Mumie in saubere trockene Tücher wickelt. Danach kommt ein Pyjama oder ein Nachthemd über den kleinen Körper und es geht ins Bett.

Carlos hat von Opa einen alten Volksempfänger geschenkt bekommen – der ganze Stolz des Jungen. Es darf dann noch eine halbe Stunde lang der einzige Radiosender gehört werden, den man empfangen kann, manchmal kommt auch schöne Musik.

Jeden Donnerstag gibt es ein Hörspiel, und Carlos wartet jedes Mal voller Ungeduld darauf. Hier machen die Eltern dann eine Ausnahme und gestatten großzügig das Hörprogramm bis zum Schluss.

Häufig schläft der Junge, selbst bei spannenden Geschichten, schon vorher ein – manchmal wegen übergroßer Müdigkeit, aber manchmal auch, weil er mit sechs Jahren noch nicht alles versteht.

Normalerweise, ausgenommen besagte Hörspielsendungen, klopft das Kind artig gegen die »Bordwand«, sodass die Mutter weiß, jetzt beginnt die normale Schlafenszeit. Um die genehmigte Radiozeit auch möglichst voll auszunutzen, bedient sich der Junge eines Zeitmessers, der große Ähnlichkeit mit einer Eieruhr aufweist. Keiner weiß so recht, wo der Junge dieses antike Stück ergattert hat.

Die Mutter kommt dann zum Abendgebet. Manchmal gibt es auch eine kleine Nachtgeschichte – meistens ein Märchen mit Fortsetzung. Besonders fasziniert ist der kleine Junge aber von Fabeln.

„Sprechende Tiere sind doch das Höchste", so fachsimpelt er manchmal. Und die Mutter hat Geschichten genug – das sieht man an den vielen Büchern, die sorgfältig geordnet in Nischen und auf Borden stehen.

»Siegesmund Aufrecht«, die Abenteuergeschichte eines Seemanns, ist Ming-Ming erst kürzlich in die Finger geraten. Sie hat dieses Buch bereits ausgesucht und plant, es dem Sohn zum zehnten Geburtstag zu präsentieren. Bis dahin ist noch etwas Zeit, und es gibt noch viele andere, für einen Sechsjährigen sehr geeignete lustige, aber auch anrührende lehrreiche Geschichten.

Man denke nur z. B. an Donald Duck und seine Familienmitglieder Daisy, Onkel Dagobert, Franz Gans und den ewigen Glückspilz Vetter Gustav. Man wird vielleicht darüber erstaunt sein, dass es diese von der Menschenerde her bekannten Comicfiguren auch bei den »Keranern« gibt. Ja, es gibt sie – nur in Nuancen abweichend.

Geradezu liebevoll und manchmal auch etwas besorgt verfolgt der kleine Carlos die Abenteuer der witzigen Entenkinder Tick, Trick und Track.

Fasziniert aber ist er von dem Ingenieur Daniel Düsentrieb. Wenn der Erfinder aus Entenhausen eine seiner genialen Maschinen vorstellt, dann klatscht Carlos vor Begeisterung in die Hände.

Doch besonders angetan ist der Junge jedes Mal von Goofy – ihn liebt er inniglich. Wenn Goofy wieder mal in ein »Fettnäpfchen« tritt, dann sieht Carlos häufig sein eigenes Spiegelbild.

„Von Goofy kann man sehr viel lernen", hat er schon mehrfach gegenüber der Mama geäußert.

„Goofy erscheint zwar ein wenig trottelig, ist aber herz-allerliebst und für mich deshalb ein Vorbild", erläutert der kleine Junge fast wie ein Erwachsener gegenüber seiner staunenden Mutter.

Ein Mitschüler gibt Carlos jedes Mal die Micky-Maus-Hefte, nachdem er sie selbst gelesen hat. Papa und Mama haben eine große Holzhandlung und ihr Sohn kauft immer die neuesten Ausgaben.

Dies ist der einzige Klassenkamerad, der Carlos freund-schaftlich gegenübersteht. Carlos bekommt immer als erster die aktuellen Hefte, und Paul, so heißt der Junge, darf bei Carlos abschreiben.

„Das ist so eine Art Vertrag zwischen uns", gibt Carlos dann der Mutter als Erklärung, wenn diese über die vielen Comic-Hefte staunt.

Nun schläft der Junge tief und fest, wovon sich die Eltern heute bereits mehrfach überzeugt haben – an der einen Seite der Tür das Ohr der besorgten Mutter, auf der anderen Seite das beruhigende tiefe Atmen des ge-liebten Kindes.

# 22

Raimondo sitzt wieder ein wenig schräg gegenüber seinem Liebling Ming-Ming, ganz so wie auch sonst. Ihre Körper sind erneut so eng nebeneinander, dass er mühelos mit seinen großen Händen die kleinen seiner Frau ergreifen und zärtlich umschließen kann.

Jetzt löst er die liebevolle Vereinigung der ungleichen Hände und zündet die vierte Kerze an.

„Sie soll den anderen drei den Weg weisen", so Raimondo,

„der grünen, der blauen und der roten Kerze. Sie symbolisieren Carlos, dich meine liebe Ming-Ming und mich. Ich habe sie ausgesucht, anhand unserer Lieblingsfarben."

Raimondo macht eine kleine Pause und Ming-Ming ist ganz gespannt auf den Rest des Vortrags, denn viel reden, das heißt schon mehrere Sätze in einem Stück, ist für Raimondo eigentlich ungewöhnlich.

„Sag, Ming-Ming, hat der Besuch beim Pfarrer geholfen?"

„Eigentlich nicht so recht, wenn ich ehrlich bin."

„Aber du hast doch gebeichtet, so wie es sich für eine streng gottgläubige Frau gehört?"

„Ja, der Priester hat mir auch meine Sünden vergeben."

„War das alles?"

„Nein", Ming-Ming macht eine Pause,

„ich habe am Ende meiner Beichte die Frage gestellt, weshalb der liebe Gott unsere kleine Familie derart straft – Carlos noch ein Kind, mein Ehemann eben 26 –

und doch beide unheilbar krank – in Kürze kommt der Tod!"

„Was hat er geantwortet?"

„Na ja:
- Glauben an Gott gibt Hoffnung.
- Man muss das von Gott auferlegte Schicksal ertragen.
- Alles, was im Leben geschieht, kommt von Gott, ist von ihm gewollt.
- Auch Heilung kann in letzter Sekunde erfolgen.
- Gottes Wege sind wunderbar und unergründlich!"

„Gewunden wie ein Aal, aber war das denn tröstend für dich?", beginnt Raimondo erneut,

"hat der Besuch in der Kirche dir geholfen, unser Schicksal zu verstehen – unsere brennenden Fragen zu beantworten:
- Warum?
- Weshalb?
- Wieso?
- Weshalb wir?
- Aus welchem Grunde trifft dieses Schicksal uns drei und dann derart hart wie ein Bannstrahl?"

„Na ja, wenn ich ehrlich bin, hat mir der Priester nicht so recht geholfen", wiederholt Ming-Ming,

„vielleicht auch nicht helfen können."

„Das ist ja traurig!", antwortet Raimondo aller Illusionen beraubt.

„Es ist mir klar geworden, dass mich mein Gaube an Gott zwar tröstet, aber irgendwie fühle ich mich so allein gelassen. Ich habe doch nur Dich!", schluchzt

Ming-Ming. Und die Tränen kullern wieder über das immer noch schöne Gesicht, in das sich aber der große Kummer bereits eingegraben hat – unübersehbar.

„Mein über alles geliebter Schatz", beginnt Raimondo erneut,

„nachdem wir nun wissen, dass wir ganz alleine sind, müssen wir diese Geschichte auch alleine beenden."

„Alleine beenden? Wie soll das gehen, wenn »die Geschichte« sich doch selbst beendet – mit ganz eigenen Regeln – mit geradezu absoluter Macht? Und wir kleinen Menschen können den Ablauf nicht beeinflussen – auch nicht das Ende bestimmen, wann der letzte Vorhang fällt."

Raimondo überlegt lange, lässt sich richtig Zeit, ehe er den Dialog wieder aufnimmt.

„Trotz all diesem Schrecken, der sich ja irgendwie verselbständigt hat, greift doch von draußen ein Rädchen in das »Lebensgetriebe« ein, besser gesagt ein richtig großes Rad."

„Was ist es denn Raimondo, gibt es für uns doch irgendeine Art von Hilfe?"

„Ja – wenn mein eigenes baldiges Lebensende auch unausweichlich, eine Rettung nicht mehr möglich ist, so gibt es doch Hoffnung auf ein Weiterleben für unseren geliebten Carlos – große Hoffnung."

„Wie kommst du nur auf diese Idee?"

„Hör gut zu, liebe Ming-Ming, ich will dir in aller Kürze alles erklären", und er nimmt einen tiefen Schluck von einem trockenen Rotwein – der erste Tropfen Alkohol innerhalb der letzten vier Jahre – und Raimondo fährt fort:

„Erstens, es ist eine Gesellschaft gegründet worden mit Namen »Carlos Corporation«. Die besten Ärzte, anerkannte Heiler aus verschiedenen Kulturen, bekannte Forscher und ganz viel Geld stehen bereit – und der »Direktor«, wenn ich es einmal überspitzt formulieren darf, ist unser Sohn Carlos."

„Unser Carlos?", fragt Ming-Ming ungläubig. Und auch sie trinkt Rotwein, allerdings verdünnt mit Mineralwasser – die erste Bekanntschaft mit Alkohol in ihrem noch so jungen Leben.

„Zweitens, also – Regierung, Pharmaindustrie und Wissenschaft haben sich zusammengeschlossen mit nur einem Ziel, unserem Carlos zu helfen und die furchtbare Krankheit zu besiegen."

Und man merkt, dass Raimondo bereits hier an einer für seine Ehefrau plausiblen »Geschichte« bastelt, mit dem Ziel, ihre Neugier zufrieden zu stellen.

„Das ist ja unglaublich, bei all den unmenschlichen Tragödien in unserer heutigen Zeit – wahrlich eine menschliche Großtat!" entgegnet Ming-Ming erfreut.

„Na ja", fährt Raimondo wie schon mehrfach zuvor fort, als bräuchte er diese »Floskel« als eine Art »Aufhänger«,

„na ja – nur menschlich darf man die ganze Sache nicht sehen, obwohl in erster Linie unser Carlos davon profitiert. Ja, du hast richtig gehört, es geht um Carlos, der dadurch – nenne es meinetwegen Fügung – eine Chance hat. Auch du wirst dann endlich wieder aufleben und das Elend dieser Tage vergessen können. Du wirst wieder zu dem werden, so wie ich dich einst kennengelernt habe, so sein, dass Gram und Leid nicht mehr dein Leben, deinen Sinn verdunkeln. Du wirst dann wieder eine Zukunft mit unserem Sohn haben – wenn das Kind lacht, wird auch die Mutter wieder lachen!"

„Eine schöne Nachricht, – aber ich werde mit Sicherheit niemals wieder lachen", und der Schwall der Tränen bricht wieder auf.

Raimondo rückt nun ganz dicht an Ming-Ming heran, wischt mit einem Taschentuch ihre Tränen ab. Während er sie zart umfasst, holt er tief Luft und fährt fort:

„Geliebte Frau, man soll niemals »niemals« sagen", und bei all den inneren und äußeren Spannungen, denen die beiden Akteure ausgesetzt sind, huscht für den Moment eines Sekundenbruchteils der Hauch eines Lächelns über das blasse Gesicht des jungen Mannes.

Wieder total ernst werdend fährt er fort:

„Die gegründete Gesellschaft »Carlos…« ist streng geheim. Man hat nämlich Angst, dass bei Bekanntwerden den Gründungsmitgliedern von überall her starker »Gegenwind« entgegen bläst. Es ist zu befürchten, dass man über jeden Einzelnen herfallen könnte mit dem Vorwurf, dass hier zugunsten einer einzelnen Person ein verdächtig hoher Aufwand getrieben werde. Man wird gar nicht mal so zu Unrecht mutmaßen, dass hier besondere Begünstigung im Spiel sei, weil ich nun einmal der Fahrer der Prinzessin bin, die zudem auch noch im Gründungskomitee der Gesellschaft genannt wird. »Völlig sinnlos herausgeworfene Millionen« – würde wohl die gesamte Presse schimpfen und sich sicher dazu versteigen, von Korruption zu reden."

Raimondo macht eine lange Pause, dann setzt er seinen unterbrochenen Vortrag fort, wobei er jedes einzelne Wort auf die »Waagschale« zu legen scheint.

„Es ist sogar möglich, dass »unsere Prinzessin«", sie nennen Aphrodite immer »unsere Prinzessin«, und Raimondo beginnt erneut – jetzt mit einem überaus tiefen Atemzug ganz so wie ein »Freischwimmer«, vor dem die ersten 100 Meter seines Lebens liegen –

„es ist durchaus möglich, dass »unsere Prinzessin« mit in die Sache hineingezogen wird. Ich habe gehört, dass sie sogar eines der wichtigsten Gründungsmitglieder ist. Falls irgendeine Verbindung zwischen ihr und der »Carlos-Firma« konstruiert werden könnte – die Öffentlichkeit würde dies als Sensation ausschlachten. Doch auch ich weiß nicht bis ins Letzte, inwieweit »unsere Prinzessin« in die Sache verwickelt ist."

„Dann scheint es aber doch klar zu sein, dass wir dies alles »unserer Prinzessin« zu verdanken haben – dass sie sich für uns eingesetzt hat – dass sie auch dir gegenüber ein wenig von dem zurückgibt, was du ihr als Fahrer und Vertrauter all die Jahre gegeben hast. Ich habe jetzt wieder Hoffnung, Hoffnung, dass man rechtzeitig ein Mittel für die Heilung von Carlos findet. Für mich, und da hast du völlig recht, tun sich am Horizont wieder Lichter auf, ich habe wieder Zuversicht! Wird »unsere Prinzessin« zum Retter unseres geliebten Kindes?"

„Nein, hierzu kann ich gar nichts Genaues sagen, ganz einfach deshalb, weil ich es nicht genau weiß."

Und Raimondo ist über sich selbst erstaunt, wie gut er in diesem Falle lügen kann. Er hätte es vorher für ganz unmöglich gehalten, seine Ehefrau derart hinters Licht zu führen. Er beruhigt sich aber bei dem Gedanken, dass seine Lüge für ein höheres Gut gerechtfertigt werden kann. Mit seiner Ehefrau hat er stets ein durch Vertrauen gefestigtes Verhältnis gepflegt, in dem Lüge und Verstellung keinen Platz hatten.

„Donnerwetter", geht es ihm nochmals durch den Kopf,

„wie leicht doch das Lügen geht!", und fährt fort,

„zu deiner Information noch zwei Hinweise, die deutlich machen, dass absolute Geheimhaltung dieser Angelegenheit notwendig ist. Du darfst wirklich mit niemandem – mit niemandem – über diese Sache sprechen, auch nicht mit Oma und Opa.

Denke immer nur an unseren Jungen, denn nur so können wir unserem geliebten Kind helfen – beachte bitte dazu noch folgendes:

1. Falls irgendetwas passieren sollte hinsichtlich des Arztes, des Krankenhauses, in Bezug auf Reisen, Essenspläne usw. wirst du immer durch eine Person der »Carlos-Firma« direkt informiert.

   Es gibt keine Post, keine E-Mail, keine Telefonnummer – nur persönliche Gespräche!

2. Damit du siehst, wie ernst die ganze Sache ist, gebe ich dir nun einen Schließfachschlüssel mit der Nr. 127 – eines der Schließfächer auf dem Hauptbahnhof. Dort liegt sehr viel Geld in braunen DIN A5 Briefumschlägen – ein ganzer Plastikkorb voll. In jedem Umschlag sind Geldscheine in unserer Währung – immer etwa im Wert von 3000 »keranischen Pfund«.

   Dieses Geld ist nur für dich und Carlos, für euer Leben bestimmt. Nimm immer nur so viel, wie du unbedingt brauchst:
   - keine Anschaffungen
   - keine großen Geschenke an Opa und Oma
   - nichts auf unser Bankkonto bringen.

Wenn ich nicht mehr bin, gehst du trotz all des Geldes monatlich zur Staatsfürsorge, um dir dort die zu stehende Unterstützung abzuholen, das ist dann absolut unauffällig.

Auch keine teuren Geschenke an Carlos,
   - unauffällig zu Hause und
   - unauffällig in der Schule.

Weiter leben wie bisher! ….. Hast du alles verstanden?

Hole dir mal morgen zur Probe den ersten »Braunen Umschlag«!'", und Raimondo muss tief einatmen, denn sonst bleibt ihm noch die Luft weg, bei der wohl längsten Rede seines Lebens – doch dann fährt er fort,

„und noch etwas: nichts aufschreiben, keinerlei Notizen, auf keinen Fall dein Tagebuch weiter führen!"

Während sie ihr »Bett bauen« und dazu nur die Sitzelemente verändern, sprechen beide kein einziges Wort. Die jungen Ehepartner gehen eigenen Gedanken nach und Ming-Ming hat besonders viel zu bedenken, denn die Fülle und das Gewicht der Informationen der letzten Stunde waren für sie geradezu erdrückend.

Sie wird den ganzen morgigen Tag benötigen, um das Neue zu ordnen und auch einzuordnen.

Beide gehen noch duschen – dazu wieder 30 Schritte bis zur Waschküche von Opa und Oma.

Warmes Wasser gibt es nicht – ist ja sowieso Sommer. Und auch die Toilette passt zur Einrichtung – sie liegt unmittelbar neben der Waschküche – eine »echte Außenkonstruktion« mit viel Freude im Winter.

Raimondo schläft sofort ein. Sie liegt noch Stunden wach. Sex, eigentlich mit das Schönste, was der Schöpfer den Menschen geschenkt hat, gibt es schon lange nicht mehr.

Raimondos männlicher, jugendlicher, allgemein angeborener Drang ist total eingeschlafen. Die Chemotherapie und die vielen anderen Medikamente lassen gar keine Lust am Sex mehr aufkommen.

„Guter Sex wird mit dem Kopf gemacht und nicht mit dem Körper", war so eine Weisheit von Ming-Ming – und beide denken voller Wehmut oft an die Zeit zurück, wo sie sich an manchem Tag vier Mal liebten.

„Nun aber doch mit dem Körper und nicht mit dem Kopf", pflegte Raimondo dann den Spruch seiner geliebten Ehefrau oft scherzhaft zu ergänzen.

Er atmet tief und gleichmäßig. Sie kann nicht zur ersehnten Ruhe kommen. Die Augen geöffnet, wie ein schlafender Hase, hört sie auf die Geräusche der Nacht. Manchmal denkt sie, dass ihr Unglück nur ein schlechter Traum sei, sie nur im »falschen Film« sitze!

Doch spätestens, wenn Vater und Sohn aufwachen, schlägt die Wirklichkeit wieder unausweichlich und erbarmungslos zu!

Sie wird diese Nacht kein Auge zu machen.

Vielleicht kann sie morgen nach dem Frühstück ein wenig Schlaf nachholen, wenn Ehemann und Kind gegangen sind – Carlos zur Schule und Raimondo zum Dienst bei der Prinzessin.


# 23

Im »Sheridan« ist die Hölle los. Alles läuft aufgeregt durcheinander. Nicht, dass das Personal schon kurz vorm Durchdrehen ist, nein, auch die Hotelgäste erscheinen überaus nervös. Auf allen zehn Stockwerken sausen emsig Menschen herum, als wenn sie nichts anderes zu tun hätten. Auch das Foyer ist voll. Überall stehen kleine Gruppen – einziges Thema: Prinzessin Aphrodite und ihr dunkelhäutiger »Ölscheich«.

Denn dass der jetzige Liebhaber der Prinzessin einmal ein echter Ölscheich mit unendlich viel Geld und allen Privilegien sein wird, das ist schon heute ganz sicher. Was aber gar nicht sicher ist, ist wie die Geschichte endet, die den einfachen Titel tragen könnte: »Eine königliche Prinzessin, die auszieht, ihr Glück zu finden«.

„Muss sie denn gleich mit jedem ins Bett hüpfen – erst Tennislehrer, dann Wüstensohn?", hört man oft.

Und es ist jedermann klar, dass das Rumbalzen weitergeht, falls – falls der angehende Scheich die junge Prinzessin nicht heiratet.

Der höchste Punkt des Spekulationskarussels dürfte heute am 31. August 1997 erreicht sein.

Seit drei Tagen geht das so, und die Gerüchte überschlagen sich förmlich. Die eine Seite sagt, nachdem die Prinzessin vom königlichen Herzog, dem Thronfolger, geschieden ist, kann sie tun und lassen, was sie möchte.

Die andere Seite vertritt die Meinung, dass sie immer noch eine Prinzessin sei, obwohl sie den Titel »Königliche Hoheit« mit dem Wirksamwerden der Scheidung aberkannt bekam. Sie brüskiere mit ihrem Verhalten nicht nur die königliche Familie, sondern gebe das Land der Lächerlichkeit preis.

Raimondo hat sein kleines Personalzimmer im Keller des Hotels verlassen. Dort lag er zuvor einige Stunden langgestreckt in Kleidern auf dem Bett und versuchte nachzudenken. Aber die allgemeine Hektik hatte auch ihn erreicht, da halfen nur noch Skiffle und Rock. Und merkwürdig, er wurde davon wieder ganz ruhig; alle Symptome von Stress fielen wie Schuppen von ihm ab.

Er ist immer noch der Cheffahrer der Prinzessin, nur mit dem Unterschied, dass der neue Wagen dem Scheichsohn gehört bzw. von ihm gemietet wurde – eine PS-starke Luxuskarosse.

Raimondo ist auf »Stand-by« und allzeit bereit, das verliebte Paar zu fahren. Für diesen Fall bleibt auch sein Handy dauernd auf Empfang, falls er gerufen wird.

Jetzt steigt er langsam die Stufen der Kellertreppe nach oben, schlendert durch das Erdgeschoss und geht in die Bar, die gleich neben dem Restaurant liegt.

Die Bar trägt den Namen »Sunshine« und Raimondo stellt so ganz für sich selbst fest, wie unpassend doch so ein Name sein kann, denn: Er tritt aus der Helligkeit des Sonnenlichtes direkt in ein finsteres Halbdunkel – es dauert Minuten, bis sich seine Augen an das Schummerlicht gewöhnt haben.

Raimondo sitzt schon fünf Minuten auf dem bequemen Barhocker. Während er an seiner Limonade schlürft, stellt er beruhigt fest, dass er nun alle Gäste gut erkennen kann – immerhin ist das »Sunshine« schon halbvoll und das um 16 Uhr nachmittags.

Plötzlich schreckt er auf, denn Mr. Hunter tritt nahe an ihn heran, erklimmt den Barhocker neben ihm und murmelt so etwas wie:

„Na, schönes Wetter?", und mit etwas verstellter Stimme:

„Prost, Herr Nachbar", und nach einer kurzen Pause sehr deutlich und sehr bestimmt:

„Die Antwort, Herr Nachbar!"

Raimondo hat sich noch gestern vor diesem Moment regelrecht gefürchtet. Nachdem er sich aber vorm Schlafengehen mit Ming-Ming über alles ausgesprochen hat, ist er nunmehr in der Lage, ganz ruhig und mit fester Stimme das vereinbarte Losungswort zu geben:

**„Ja, das Bündel ist geschnürt!"**

Hunter fordert ganz unmissverständlich:

„Bitte wiederholen!"

Raimondo wiederholt im gleichen Tonfall und bestätigt:

„Das Bündel ist geschnürt!"

Hunter nimmt einen tiefen Schluck aus seinem Whisky-glas und ohne Raimondo anzusehen, sagt er, sich zwar verstellend, wie ein Bauchredner, doch hinreichend deutlich für seinen Nebenmann:

**„Es muss heute sein!"**

„Bitte wiederholen sie, Raimondo", und Raimondo wiederholt artig:

„Es muss heute sein!"

Um das Gesagte nochmals zu verstärken und wegen seiner Bedeutung für viele Menschen gebührend her-vorzuheben, sagt Hunter ganz ruhig, wobei er sich nun Raimondo vollständig zuwendet:

„Es muss heute sein! Das Ereignis findet heute statt!",

trinkt seinen Whisky aus, schiebt den Filzhut etwas in den Nacken, zahlt und geht.

In diesem Moment wirkt Raimondo völlig ruhig und konzentriert; es bedarf nicht einmal der von ihm so geliebten Musik, um seine Nerven zu besänftigen.

„Ein Glas trockenen Rotwein bitte – und eine Scheibe Zitrone."

Raimondo nimmt einen tiefen Schluck, lässt den Wein über die Zunge laufen und genießt es sichtlich.

„Ich wusste es bereits heute Morgen beim Abschied: Ich werde sie niemals wiedersehen – meine geliebte Frau, die auf den schönen Namen Ming-Ming hört – und meinen herzallerliebsten Sohn, den kleinen Jungen mit dem blondgelockten Engelsgesicht.

Merkwürdig, jetzt wo ich alles weiß, bin ich überhaupt nicht mehr aufgeregt. Wie Mr. Hunter mir klar gemacht hat, gibt es auch gar keine Alternative.

Es muss heute stattfinden!

**Der Vertrag ist geschlossen – kommen wir nun zur Vertragserfüllung!!"**

Er nimmt einen zweiten tiefen Schluck Rotwein und muss dabei an die letzten mit Ming-Ming gewechselten Worte denken.

Wieder einmal versuchte er, ihr etwas zu erklären, obwohl es doch eigentlich anders herum sein müsste. Immerhin hat Ming-Ming ein abgeschlossenes Studium der Volkswirtschaft, und er, Raimondo, brachte mit »Ach und Krach« den damaligen Mittelschulabschluss zustande. Er muss trotz der Dramatik des Augenblicks innerlich ein wenig schmunzeln, wenn er daran denkt, wie jedes Mal im Herbstzeugnis stand: »Versetzung gefährdet!«.

„Meine liebe Ming-Ming", hatte er begonnen,

„ich habe letzte Nacht ganz furchtbar geträumt. Und da wir nicht jeden Tag Zeit haben, Abschied für immer zu nehmen, mache ich es heute – trotzdem können wir morgen wieder voneinander Abschied nehmen und auch übermorgen, wenn es Gott so will.

Ich habe so große Furcht davor, plötzlich für immer gehen zu müssen, ohne dass wir uns richtig liebevoll voneinander verabschiedet haben. Aus diesem Grunde sollte man auch keinesfalls im Bösen auseinandergehen. Wie furchtbar, wenn einer von uns beiden nicht wiederkäme. Die bösen Worte könnten dann niemals mehr zurückgenommen werden – sie blieben für alle Ewigkeit im Raum stehen."

Ohne Übergang war er dann direkt zu seinem eigentlichen Anliegen gekommen:

„In den 1920er Jahren hat es einen Entfesselungskünstler gegeben. Mit seiner Frau hat er seinerzeit vereinbart, dass sie miteinander Kontakt aufnehmen wollten, falls einer von ihnen stürbe. Dieser Mann starb als erster – wenn ich mich recht erinnere – nach einem Tauchgang in eisigem Wasser. Sie wartete viele Jahre, ein Kontakt zu ihrem verstorbenen Ehemann kam aber niemals zustande.

Versprich es mein Liebling, dass wir es besser machen, dass wir versuchen, uns im Traum wieder zu begegnen."

Und Ming-Ming antwortete unter Tränen:

„Ich verspreche es, mein geliebter Mann!"

Und der Chauffeur einer echten Prinzessin und eines echten Scheichsohns lächelt.

„Noch ein Glas Rotwein – guter Tropfen."

….. Auf Tora sitze ich, Immo, zur gleichen Zeit immer noch gebannt vor meinem Bildschirm. Mein Vater steht schon seit geraumer Zeit hinter mir. Nichts vermag mehr den Viersterne-General bei den Schlachtenplänen Alexander des Großen zu halten.

„Hier, mein Junge, an deinem viele Milliarden Kilometer vom Geschehen auf Erde II entfernten Plasma-Fernsehschirm findet die »Wahre Schlacht« statt!

War man bisher unsicher, wohin das »Kriegsglück« zwischen Prinzessin und Königshaus driftet, so bestimmt in dieser Phase nur noch die blanke Kampfeskraft der Kontrahenten den Ausgang der Schlacht. Nur das Übergewicht an brachialer Gewalt eines der Gegner führt zum Sieg! Fintieren und taktische Spielchen gehören der Vergangenheit an." …..

Und der Cheffahrer der schönen Prinzessin Aphrodite fühlt sich nunmehr innerlich völlig ausgeglichen – und das sieht man auch an seinem Äußeren. Zumindest seine sonst so verkniffenen Gesichtszüge wirken geradezu entspannt. Der Fahrer von zwei Prominenten, mit den zurzeit wohl am häufigsten genannten Namen auf dem

Erdball, hat sich entschieden, es zu tun – und er wartet – und das Warten währt gar nicht lange!

Nach dem dritten Glas kommt der Anruf:

„Auto zum Hauptausgang!", klar und deutlich klingt der Befehl des Scheichsohns – und der Cheffahrer reagiert prompt.

Als Raimondo vorfährt, drängeln bereits 150 Paparazzi. Es sitzen schon mehrere auf Motorrädern, aber weitere kommen in Sekundenschnelle dazu – immer ein Fahrer und ein Fotograf hinten auf dem Sozius.

Für ein Foto riskieren sie alles – immerhin zahlen Zeitungen und Illustrierte astronomische Summen für ausgefallene Prinzessinenfotos. So soll ein Bild von Aphrodite mit freiem Oberkörper auf der »Seven-Seas« eine Million »keranische Pfund« erzielt haben.

Soeben treten die Prinzessin und ihr Geliebter heraus. Ihr Erscheinen löst einen derartigen Sturm der Fotografen aus, dass vier Leibwächter und zehn Hotelbedienstete die Motivsucher nicht abwehren können. Es dauert fünf Minuten – und wie von Geisterhand gejagt, prescht das Auto mit quietschenden Reifen los – und die vielen Paparazzi hinterher.

Nach nur wenigen Minuten sind sie auf der Autobahn und Omar befiehlt:

„Langsamer – nach Osten – scharfe Kurve – langsamer!"

Die Fahrt dauert nun nicht mehr lange und sie erreichen das gewünschte Ziel.

Ach, o`Schreck – 100 Paparazzi warten schon. Allen ist bekannt, dass das Paar hier gerne zu Abend speist, allein auch aus dem Grunde, weil das Hotel dem Vater von Omar gehört.

Doch heute ist das anders, erneuter kurzer Befehl:

„Zurück zum »Sheridan«! Mich nerven die Paparazzi!!"

Die Limousine wendet und erreicht nach wenigen Minuten das Hotel. Das Liebespaar entschwindet in der für es reservierten Präsidentensuite im 11. Stock.

Den Fahrer zieht es schnurstracks zurück in die Bar.

„Einen Rotwein, wie vorhin, mit einer Scheibe Zitrone!"

Raimondo hat sieben Gläser Rotwein intus, und obwohl er sonst bekanntlich keinen Alkohol trinkt und auch nichts Richtiges gegessen hat, fühlt er sich nicht einmal beschwipst.

An diesem »**besonderen Tag**« macht er nun einmal eine »**besondere Ausnahme**«!

Er ließ sich aber aus dem Restaurant eine Tüte Cashewkerne kommen und redete sich ein, wegen des fast 100prozentigen Fettgehalts der Nüsse, eine gewisse Essensgrundlage geschaffen zu haben; zudem aß er die Kerne auch »für's Leben gern«.

Genau um Mitternacht erfolgt der zweite Anruf:

„Hinterausgang!", lautet die kurze Anweisung.

Aber auch hier warten bereits viele Paparazzi. Trotzdem fällt der erneute Einstieg ins Auto leichter als beim ersten Mal.

Der Scheichsohn und die Prinzessin sitzen hinten. Auf dem Beifahrersitz vorn hat ein Leibwächter Platz genommen, den Omar im allerletzten Augenblick an den Kleidern in das Fahrzeug hineinzog.

„Besser bei Schwierigkeiten", so die kurze Begründung.

Raimondo zugewandt, zischt er ihn förmlich an:

„Jetzt freie Fahrt nach Norden – wir essen im Hotel »Norton« – geben sie Gas bis zum Anschlag – das eklige Paparazzi-Pack abhängen!"

Und Raimondo beschleunigt sofort auf über 180. Kein Problem, denn die Autobahn läuft an der Gabelung nach Norden schnurstracks geradeaus weiter – nicht so, wie der Kurvenabbieger vorher nach Osten.

ES KRACHT!

- nicht einmal laut
- irgendwie ein unerklärliches Geräusch
- ein fremdes Geräusch
- eher so ein Schaben, ein Knirschen
- aber nur für Sekundenbruchteile
- Dämpfe steigen auf

STLLE!

Auch die Paparazzi halten, blicken entsetzt auf das Fahrzeugwrack – und schießen die Bilder ihres Lebens!

Die Limousine ist mit fast 190 Sachen auf die riesigen Doppelpfeiler gekracht, die die Gabelung der Autobahn nach Nord und nach Ost erzwingen.

Das schwarze Fahrzeug ist aufgerissen! Die Wucht des Aufpralls war riesengroß!

- „Weshalb traf der Fahrer die Mitte der Gabelung?"
- „Weshalb fuhr er nicht linker Hand weiter nach Nord – weshalb direkt auf die Mitte der Pfeiler?",

fragt entsetzt ein Paparazzo den anderen.

„Pff – ff – f", der Angesprochene antwortet nur mit einem pfeifenden Zischton – er bringt kein einziges

Wort heraus. Denn es ist entsetzlich, was sich seinen Augen bietet:

- die Türen rausgesprengt
- das Auto förmlich zerrissen
- der Motor hochgeklappt
- überall Blut
- zwei Personen herausgeflogen
- von einer weiteren Person ist nur das Hinterteil zu erkennen
- die vierte Person gar nicht zu sehen!

Die Paparazzi umringen das Auto, stecken ihre Köpfe und die Fotoobjektive auch ins Innere des Wracks.

Jetzt ein Bild von der Prinzessin – egal ob lebendig oder tot! – Entsetzen ja! – Trauer und Mitgefühl, nein! – Es überwiegt die Gier nach Geld!

Das Motto: Ausnützen der Situation, einer Situation, die niemals wiederkehrt!

# 24

Janina braust durch die Nacht. Heute macht ihr schneeweißes Motorrad sogar »100 Sachen«. Janina hat es eilig. Sie muss unbedingt mit Hunter sprechen, denn sie hat unendlich viele Fragen, und eine brennt sogar wie Feuer:

„Sind wir nun Mörder?"

Auch Janina weiß, dass das Leben der schönen Prinzessin verwirkt war. Von zu vielen Seiten drohte man ihr mit dem Tod.

Jedem Insider war klar, dass die Prinzessin zu viele »Große« derart in Verlegenheit gebracht hatte, dass als einziger Ausweg in dieser Situation ihre Beseitigung und damit die Lösung aller Probleme als unausweichlich erschien.

Die Prinzessin hatte sich wie ein Kamikaze selbst in eine ausweglose Situation gebracht. So wie der Kamikaze sein Bomben beladenes Flugzeug in den Tod steuerte, so konnte auch die Prinzessin den einmal begonnenen »Sturzflug« in das Ziel nicht mehr korrigieren.

Dem Selbstmordpiloten war bewusst, dass er viele Menschen mit in den Tod riss – der Prinzessin war dieser Umstand wohl nicht bewusst. Dies ist dann auch der einzige Unterschied zwischen dem Tod bringenden Piloten und der Tod bringenden Prinzessin.

Auch kommen Janina Zweifel an der Rechtmäßigkeit ihres Tuns, und die Fragen werden immer bohrender, je näher die junge Frau ihrem Ziel kommt: wieder der geheime Treff an dem geheimen Ort.

Diesmal hatte Hunter nur die SMS geschickt mit den zwei Zahlen 2  47. Abgesendet hatte er die Nachricht gestern – gestern am 01. September 1997, an dem Tag, an dem die schöne Prinzessin Aphrodite sterben musste.

Ein furchtbarer Unfall, so hieß es in allen Nachrichten; und es erfolgten ganz bestürzte Kommentare.

„Eigentlich komisch", denkt Janina, während sie dem beruhigenden Brummen des 1200er Boxermotors lauscht,

„erstaunlich, kein Fernsehsender und auch kein Radiosender hatte offenbar ein derartiges Ereignis erwartet, obwohl jeder, der ein wenig über Insiderwissen verfügte, geradezu gefühlt haben musste, dass etwas »in der Luft lag«!"

In anderen Fällen hatten sich die Medien schon auf voraussehbare Ereignisse vorbereitet; ganze Sendungen und Kommentare lagen abrufbereit auf den Festplatten in den Redaktionsstuben – nur in diesem Falle ist das anders – alle Kommentare glänzen durch gleichen Wortlaut:

- unvorhersehbares Ereignis
- erschütternd für die ganze Welt
- bedauernswerte Prinzessin
- bedauernswerte verunglückte Mitfahrer!

Janina erschrickt. Ein Wildkaninchen huscht über die Fahrbahn.

„Ich muss mich auf das Motorradfahren konzentrieren! Hunter wird schon alles ins rechte Licht rücken. Er wusste ja immer für alles einen Rat", redet sie sich ein, um sich zu beruhigen.

Da ist es, ihr geheimes Versteck. Unter- und Obergeschoss wirken wie immer, und Hunters Wagen ist, wie auch sonst, schon da – vor dem so sparsam beleuchteten Haus.

„Gott sei Dank ist er da! Würde mich zu Tode fürchten alleine, besonders nach den jetzigen Ereignissen mit weltweitem Interesse. Und ich stecke da mitten drin!", resümiert Janina noch kurz, ehe sie eintritt – wie immer mit Helm, Handschuhen und Bikerkluft.

Sie greift noch einmal an ihre Umhängetasche und geht die Treppe hinauf. Janina klopft wie jedes Mal an die erste Tür.

„Merkwürdig, kein »Herein« von Hunter, so wie sonst."

Sie klopft noch einmal und tritt ein.

Hunter liegt auf dem Sofa, seinen Filzhut ins Gesicht gezogen.

„Hallo, Mr. Hunter, du müder Patron. Gehst du jetzt schon alleine schlafen? Ganz was Neues!"

Janina stutzt – sie bleibt stehen – irgendetwas stimmt nicht! – Ihr läuft es eiskalt den Rücken hinunter.

„Hunter, mach keinen Quatsch – ist doch gar nicht deine Art!"

Sie geht um den Tisch herum und sieht ihn in seiner ganzen »Länge« – ihren kleinen dicken Hunter.

Sie fasst ihn an seine grünen Socken, schüttelt das Bein.

„Hunter?", ruft sie fragend ganz leise – und sein Hut rutscht beiseite.

„Hilfe!", will sie schreien – doch es reicht nur zu einem spitzen Zweifachschrei:

„Hil – Hil", und es gelingt ihr noch, die Pistole aus der Umhängetasche zu reißen. Doch die Waffe entgleitet ihr fast, so kraftlos ist plötzlich ihre Hand.

„Mein Gott, was ist das?" – Hunter hat die Augen weit aufgerissen und sein Hals ist so merkwürdig rot,

„was ist das für ein gezackter Draht, der sich so tief in sein Fleisch eingegraben hat?"

Hunter hat ihr mal erklärt, dass es so ein Mordinstrument gibt, gegen das man gar nichts machen kann, wenn es einmal um den eigenen Hals gelegt ist. Die Gemeinheit: Der Mörder kommt von hinten!

„Hunter", sagt sie noch einmal auffordernd, obwohl sie weiß, da ist nichts mehr zu machen. Sie ergreift die noch warme Hand, die in seinem Schritt liegt, doch der Puls ist nicht mehr zu fühlen. Janina hat schon viele Tote gesehen und auch berührt, davor hat sie keine Angst.

Merkwürdig, seine komische Anzughose ist im Schritt blutig, der Schlitz geöffnet.

Janina blickt am Körper des Dicken aufwärts.

„Komisch, was macht seine Kollegmappe auf seiner Brust? Warum ist das Hemd oben offen?"

Sie hebt ganz langsam die Kollegmappe mit der Linken, in der Rechten immer noch die geladene Waffe.

„Helft mir!", will sie schreien – es wird aber nur ein

„Helft …!", – ein sehr schriller hoher Schrei.

„Entsetzlich!", ruft sie erneut mit sich überschlagender Stimme aus – ganz so, als hätte sie den »leibhaftigen Teufel« gesehen und ihre Augen stieren fassungslos, wie elektrisiert auf nur einen Punkt:

Auf der Brust von Hunter liegt quer sein Penis …..

„Immer noch 30 Zentimeter lang", schießt es ihr, eigentlich völlig unpassend zur Situation, durch den Kopf.

….. abgeschnitten, am unteren Ende noch frisches Blut und darunter ein Schild:

„Ich war der Größte!"

„Gemein", stößt Janina keuchend hervor und beugt sich über Hunters Brust. Im Rücken spürt sie plötzlich etwas Hartes, und das »harte Etwas« hat sogar eine Stimme:

„Gib dein Spielzeug her!"

Eine behandschuhte Hand fasst um sie herum und greift die Pistole – ohne den Druck mit dem harten Gegenstand in ihrem Rücken zu vermindern.

Janina ist starr vor Schreck!

„Agentin sein, überall rumschnüffeln, fotografieren – ist eine Sache, aber einem echten Agenten gegenüberzustehen, der jetzt auch noch meine Waffe hat, ist eine andere Sache", überschlagen sich ihre Gedanken.

„Wer sind sie? ….. Was wollen sie? ….. Haben sie Hunter ….. ?" Weiter kommt sie nicht. Sie erkennt, dass sie einem übermächtigen Gegner gegenüber steht – wohl so einem richtigen Fiesling, denn nur ein Fiesling kann so dämlich und überheblich grinsen.

Zu allem Überfluss zeigt er auch noch mit dem ausgestreckten Zeigefinger auf die völlig schockierte Janina – eine unübersehbare Botschaft:

„Sieh mal mein Kind, das war die Waffe in deinem Rücken!", demonstriert er mit höhnischem Lächeln seine Finte, seine Überlegenheit.

Über Janinas Antlitz huschen Überraschung und Enttäuschung, dass sie sich so leicht hat übertölpeln lassen.

Nun stehen sie sich gegenüber: auf der einen Seite der eiskalte Killer – auf der anderen Seite die ängstliche, total geschockte hilflose Frau.

„Was wollen sie?", stößt sie keuchend hervor.

„Die Fragen stelle ich, Schätzchen; und eigentlich habe ich nur eine einzige Frage", holt tief Luft und wie schon auf dem Walfänger droht auch hier sein T-Shirt wegen seiner Muskelberge zu platzen. Und tatsächlich, Janina wird klar, dass es sich bei ihrem Gegenüber nur um den »Blonden« handeln kann, über den sich Hunter nach jedem Besuch bei Mr. Gordon bitter beschwerte.

„Nur eine Frage, dann solltest du dein Geld vergraben, das nächste Flugzeug nehmen und schleunigst abhauen."

„Was wollen sie denn wissen? – Mr. Hunter war der Chef und auch der Geheimnisträger, falls es überhaupt Geheimnisse gab!"

„Ich frage jetzt auch nur ein Mal und du hast auch nur eine Antwort. Gefällt mir die Antwort, kannst du sofort mit deinem »Drahtesel« von dannen ziehen. Gefällt mir die Antwort nicht", und er zieht in aller Ruhe ein riesiges Kampfmesser aus seinem Stiefel,

„dann kannst du dich gleich zu Hunter legen – das kennst du ja", und er grinst ganz gemein, während er mit der Schneide des Kampfmessers ein Stück vom Daumennagel abschält.

„Mein Gott, ist das scharf!", entfährt es Janina,

„fragen sie!", haucht sie mit gefasster Stimme.

Ihr ist klar, dass sie an einem Wendepunkt ihres Lebens angekommen ist, dass es jetzt nur noch um Sein oder Nichtsein, um Leben oder Tod geht – sie hat entschieden:

„Egal, was er fragt, ich sage die Wahrheit!"

„Wo sind die Aufzeichnungen Hunters – alle Aufzeichnungen zum Fall Prinzessin Aphrodite?" und während er sie wieder angrinst, prüft er erneut die Schneide des Kampfmessers – diesmal am Daumennagel der rechten Hand.

Die Pistole hat er derweil ganz provozierend so auf den Tisch gelegt, dass Janina sie ergreifen könnte.

Janina hat mal in einem echten Agentenfilm gesehen, wie jemand sein Leben verwirkte, weil er das offenbar überaus großzügige Angebot annahm.

Beide haben sich gegenüber am Tisch hingesetzt, wobei Hunter an der Längsseite des Tisches immer noch schräg nach oben zur Decke starrt, als wenn es dort irgendetwas Interessantes zu sehen gäbe.

Janina legt artig ihre Hände auf den Tisch, um ihrem Gegenüber ja nicht den Eindruck irgendeiner Aktion zu signalisieren.

„Greifen sie in meine Umhängetasche, dort ist ein Fach mit Reißverschluss. Darin befindet sich ein Ledersäckchen mit einem Schließfachschlüssel, Nr. 571. Er passt zu einem Schließfach auf dem Hauptbahnhof der in nur 20 Kilometern östlich liegenden Kreisstadt »Trasy-Hill«. Dort sind alle Unterlagen von Mr. Hunter. Ich selbst kenne keines der Dokumente. Mr. Hunter sagte einmal, für meine Gesundheit wäre es besser, ich würde über den Schließfachinhalt keinerlei Kenntnisse haben."

„Wie weise von Mr. Hunter und wie vorausschauend", und der Blonde grinst wieder ganz unverschämt,

„nimm den Schlüssel heraus und gib ihn mir!"

Janina befolgt sofort die Anweisung, ohne zu zögern:
-   Sie öffnet die Tasche,
-   zieht den Reißverschluss auf,
-   legt das Ledersäckchen auf den Tisch,
-   bindet das Säckchen auf
-   und gibt dem Blonden den Schlüssel mit der Nr. 571.

Der Blonde nimmt den Schlüssel und grinst sie breit an, während er aufsteht und sich auf dem Tisch abstützt. Das Kampfmesser ist zwischenzeitlich so schnell in seinem Stiefel verschwunden, dass Janina die Aktion gar nicht richtig mitbekam.

„Echte Agenten können das", denkt sie sogar ein wenig anerkennend. Der Blonde ergreift wieder das Wort:

„Du hast gerade dein kleines beschissenes Leben gerettet", und fährt fort,

„dein Boss hat alles haarklein und wörtlich bestätigt. Er war aber so dumm, gegen die Abmachungen zu verstoßen, indem er Aufzeichnungen anfertigte und Filmmaterial hortete. Weil du nicht gegen die Anweisung verstoßen hast, lebst du weiter. Das kleine dicke Schwein musste für immer gehen, weil es seine eigenen Zusagen nicht eingehalten hat. Der Dummkopf meinte wohl, uns eines Tages mit dem Material erpressen zu können."

Der Blonde grinst, dreht sich um und geht.

Als Janina die Tür zufallen sieht, seufzt sie tief, wobei sie hörbar pfeifend die Luft aus den Lungen drückt.

Auch sie geht – nimmt zuvor ihre Umhängetasche, legt die Pistole hinein, schnappt sich Helm und Handschuhe. Ohne sich noch einmal umzudrehen, lässt sie die Tür ins Schloss fallen.

Draußen schwingt sie sich auf ihr Bike, dreht den Kopf in alle Richtungen – der Blonde ist verschwunden!

„Wie vom Erdboden verschluckt", denkt sie und ist sichtlich erleichtert.

Janina startet ihr Motorrad, knipst das Licht an und braust zurück in die Nacht.


# 25

**D**ie ganze »Welt« ist entsetzt über die Nachricht vom unverhofften Tod der geliebten Prinzessin Aphrodite! – Dies war die heute alles bestimmende Abendmeldung der Fernsehsender in vielen Nationen.

….. Wenn die »Keraner« wüssten, wie überaus treffend sie sich in diesem Falle ausdrücken. Sie meinen normalerweise eigentlich mit »Welt« nur ihren kleinen überschaubaren Lebensraum, in dem sich ihr gesamtes Dasein abspielt – die Oberfläche des Erdballs mit seinem 12.000 Kilometer »kleinen« Erddurchmesser. So sprechen sie auch beispielsweise im Fußball und im Handball nicht von »Erdmeisterschaften«, welches eigentlich hierfür die richtige Bezeichnung wäre.

Wir »Toraner« müssen manchmal lächeln, wenn wir jene fernen Erdbewohner über sich selbst reden hören. Sie meinen, dass sie der Mittelpunkt der Welt seien. Anders ist es gar nicht zu verstehen, dass sie bei Wettkämpfen die Begriffe »Welt« und » Erde« nicht auseinander halten.

Wenn die »Keraner« wüssten, dass der plötzliche Tod der Prinzessin tatsächlich auch Völker bewegt, die Milliarden von Kilometern vom Ereignis entfernt sind. Das wird besonders am heutigen Tage, dem 06. September 1997 deutlich – denn **heute** findet das Begräbnis der Prinzessin auf Erde II statt.

Anlässlich dieses Ereignisses sitzt auch das gesamte Volk der »Toraner« in der fernen Welt der Andromeda-Galaxie vor den Plasmafernsehern. Wirklich alle – jeder Mann, jede Frau und auch jedes Schulkind.

Obwohl die Andromeda-Galaxie von der Erde II, der »Keraner-Erde«, sogar mit bloßem Auge zu erkennen ist, würde ein Raumschiff, das mit Lichtgeschwindigkeit fliegt, bis zu unserem Planeten, Erde IV, eine Flugzeit von über zwei Millionen Jahren benötigen. Das Gleiche gilt, wie schon gesagt, auch für Erde I, die Menschenerde – da Erde II und Erde I ziemlich gleich weit von uns, der Erde IV, entfernt sind.

Und der Ausdruck »Welt« ist in diesem Falle in den Nachrichten auf Erde II **ausnahmsweise** deshalb richtig gewählt, weil die Ereignisse um den Tod der Prinzessin nicht nur auf der winzigen Erde der »Keraner« verfolgt werden, sondern **tatsächlich** auch viele Billionen Kilometer weit entfernt im All. …..

Soeben wird der Sarg mit der toten Prinzessin auf einem blumengeschmückten Wagen an Millionen von »Keranern« vorbeigefahren, gezogen von herrlichen Pferden. Ganze Völkerscharen säumen dicht gedrängt die Ränder der Strassen. Erwachsene und Kinder tragen Kerzen, Blumen und Fotografien von Aphrodite in ihren Händen – und ihnen allen laufen die Tränen nur so in Sturzbächen die Wangen hinunter.

In vielen Ländern dieser Erde weinen Menschen bitterlich – denn » ihre Prinzessin« wird zu Grabe getragen

» DIE PRINZESSIN DER HERZEN«!

Die beiden Söhne Franco und Alexander schreiten hinter dem Sarg her, der sich ganz langsam in Richtung letzter Ruhestätte bewegt. Ein Abschied für immer – und ihre geliebte Mutter war doch noch so jung – welch eine Tragödie!

Die Prinzessin wurde sofort nach dem schrecklichen Unfall ärztlich versorgt, denn sie lebte zu diesem Zeitpunkt noch, war aber nicht mehr ansprechbar. Unmittelbar danach brachte man sie im Krankenwagen in eine Spezialklinik, wo sie am 01. September 1997 um 4 Uhr morgens verstarb.

Nach Feststellung des Todes trafen Bedienstete des Königshauses und Vertreter der Regierung ein.

Sie übernahmen sofort den toten Körper der Prinzessin, und es geht das Gerücht um, dass es eigentlich »zwei Personen« waren, die in das Krankenhaus eingeliefert wurden. Bei der ersten Person handelte es sich um die Prinzessin selbst und bei der »zweiten Person« um ein heranwachsendes Kind in ihrem Körper – ein Kind mit Anspruch auf den Königsthron eines Weltreiches – »das

Kind« der königlichen Prinzessin Aphrodite und eines dunkelhäutigen Ausländers.

Wegen der ungeheuren Dramatik der Angelegenheit mit unabsehbaren möglichen Folgen für Königshaus und Weltreich, griff in Amtshilfe für die Königin und die Landesregierung ohne jede Zeitverzögerung sofort der zuständige Geheimdienst ein. Geleitet wurde die gesamte Aktion von einem gewissen Mr. Gordon, den wir ja schon auf Grund seiner Aktivitäten vom Walfänger her kennen.

Noch am selben Tage wurde die Prinzessin unverzüglich in ihr Heimatland geflogen und dort offiziell obduziert mit dem Befund:

„Tod durch Verkehrsumfall im Ausland!"

Später reichte man als Ergänzung noch nach:

„Die Prinzessin war nicht schwanger."

Damit hoffte man, aufkommende gegenteilige Gerüchte zu entkräften.

….. „Wie viele Tränen mögen wohl heute über die Gesichter von Millionen rinnen?"

Auch wir, auf Erde IV, sind natürlich imstande zu weinen, das sieht man ganz deutlich, denn auch hier weinen Millionen unseres großen Volkes. Das ist für uns »Toraner« überhaupt kein Problem – nur dass bei uns der Computer die Weinmechanik in Gang setzt.

Nun möchte ich, »**Immo«,** über eines unserer Hauptgeheimnisse sprechen:

Wir können alle weinen – aber wir können nicht traurig sein!

Aus diesem Grunde sitzen wir hier heute zu Millionen auf unserem geliebten Planeten, nur um das Gefühl der

Trauer bei den »Keranern« auf Erde II ein wenig mitzuerleben.

Besonders eindrucksvoll ist für uns das herzzerreißende
Schluchzen. Es wird aber auch immer wieder von einem
»Gefühl unendlicher Trauer« gesprochen, verbunden
häufig mit dem Herausschreien eines schier unsäglichen
innerlichen Schmerzes.

Uns ist im Laufe unserer Millionen Jahre währenden
Entwicklung das gesamte Fühlen jener Lebewesen auf
den anderen Erdplaneten verloren gegangen.

- Wir können weinen, sind aber nicht traurig.
- Wir können lächeln, empfinden aber nicht das
  Glücksgefühl eines Kindes, das vor Freude fast
  zerbirst, weil es ehrlich und spontan aus dem
  Herzen heraus lacht.
- Wir können lieben, empfinden aber das tiefe Ge-
  fühl der Zuneigung gegenüber dem Partner nicht
  – verspüren niemals das spannende Kribbeln bis
  in die Herzspitzen hinein, über das nun einmal
  auch nur Liebende berichten können.
- Glück was ist das?
- Trauer was ist das?
- Freude was ist das?

Wir »Toraner« wissen es nicht, weil wir diese Fähigkei-
ten, zu »fühlen«, schon seit sehr, sehr langer Zeit nicht
mehr beherrschen. Im Gedenken an lang Vergangenes
und Verschüttetes sind unsere Chips im Kopf so programmiert, dass wir beobachtete Gefühle mimisch und
gestisch, also lediglich äußerlich, wiedergeben können;
innerlich ist die Reproduktion von Gefühlen leider nicht
möglich.

Das begann, während wir Techniken entwickelten, alle
Einzelteile unseres Körpers gegen neue auszuwechseln
– dem Tod ein regelrechtes »Schnippchen« schlugen.

Nachdem über einen Zeitraum von vielen Millionen Jahren, von Generation zu Generation, immer wieder unsere Herzen ausgewechselt wurden, erreichten wir, dass es mechanisch gesehen nur noch gesunde Herzen gibt, doch

- von Herzen lachen,
- von Herzen weinen,
- von Herzen hassen,
- von Herzen Mitleid empfinden,
- von Herzen um jemanden trauern,

dazu sind unsere starken »**Mechanas**« nicht imstande.

Wären wir in diesem Moment tatsächlich fähig, ausnahmsweise auch nur ein einziges Mal zu trauern, dann würde uns bewusst werden, was wir im Laufe unserer Entwicklung alles verloren haben – dass wir nur noch »**gefühllose Maschinen**« sind!

Das Schönste, was Gott uns intelligenten Wesen vor langer Zeit als höchstes Gut gab, im Gegensatz zu anderen Lebensformen, die Fähigkeit etwas zu empfinden, diese Fähigkeit ist bei uns schon lange nicht mehr vorhanden.

So haben verständlicherweise auch Kriege und Mordtaten auf den Erden I und II bei uns einen hohen Unterhaltungswert. Wenn wir die verzweifelten Mütter sehen, die nach Gott schreien, weil ihre Söhne und Kinder die Opfer sind, die für immer aus dem Leben gingen, dann versuchen wir etwas teilzuhaben an ihrer gezeigten Trauer. Es ist keine emotionale Teilhabe, sondern eher ein intellektuelles Interesse.

Wir möchten, können aber nicht mitempfinden, was sie fühlen, weil wir nur das wahrnehmen können, was die Betroffenen äußerlich zeigen. So können wir das, was sich in ihrem tiefsten Inneren abspielt, nicht einmal erahnen, weil wir selbst nicht imstande sind, auch nur das Aufkeimen eines allerkleinsten Gefühls zu erzeugen und damit zu registrieren.

Wir auf Erde IV verdammen Krieg und Mord und doch sind diese Ereignisse Ersatzdrogen für uns, die wir uns immer wieder gerne zuführen. Obwohl wir, wie bereits gesagt, außerstande sind, selbst z.B. Trauer zu empfinden, nehmen wir gerne die vielen Angebote an, »Gefühle« mit den Augen mitzuerleben.

So haben wir auch seinerzeit das strahlende Glück der Prinzessin Aphrodite bei ihrer Hochzeit verfolgt – ein von ihr gefühltes Glück, das sie für jedermann ganz deutlich ausstrahlte. Wir nahmen an diesem Glück als Zuschauer teil, versuchten uns die innere Glückseligkeit der Prinzessin vorzustellen und blieben doch am Ende nur Zaungäste.

Wir sind »AUSGESCHLOSSENE«.

Hieraus erklärt sich auch die bei uns bereits oft gehörte Floskel »Voller Freude«. – Da wir wissen, dass wir Freude niemals mehr empfinden können, verwenden wir dieses wunderbare Wort, wenn wir uns z.B. mit »voller Freude« begrüßen.

Wenn schon nicht als echtes Gefühl, so wollen wir dann zumindest so tun, als wenn – und wir verwenden dieses Wort in besagter Floskel im Bewusstsein daran, wie schön es wäre, wenn wir auch nur einmal im Leben tatsächlich echte Freude oder echte Trauer empfinden könnten.

So verfolgen wir auch noch tagelang, ja wochenlang jedes Ereignis nach dem Tode der Prinzessin. Heute singt ein sehr bekannter Popsänger vor ausgewählten Gästen, und die Fernsehsender aller Länder lassen die Zuschauer an den bewegenden Bildern teilhaben.

Millionen von Trauernden aller Hautfarben und Nationen stellen brennende Kerzen und Fotografien der Prinzessin auf den Boden – herzzerreißende Bilder für die »Königin der Herzen«.

Nur unsere Herzen, die kräftigsten und die gesündesten Herzen aller Lebewesen, werden nicht erreicht.

**Unser Glück ist für immer verloren!**

Wir können im Weltraum über schier unendlich weite Distanzen reisen. Wir sind die Herrscher über Milliarden von Himmelskörpern und die Herrscher über alles Leben – und doch sind es die »Keraner« und die »Menschen«, diese unterentwickelten dummen Wesen, die etwas vermögen, wozu wir nicht imstande sind.

**Sie können Gefühle des Glücks empfinden.**

WIR NICHT!

Unsere übermächtige Technik vermag fast alles, doch in diesem Punkte sind wir völlig hilflos!

**Und gerade deshalb haben auch wir eine ungestillte Sehnsucht nach Liebes- und Glücksgefühlen. Hätten wir Letztere, unser Dasein wäre dadurch überaus bereichert – davon sind wir fest überzeugt!**

Damit ist nunmehr auch die Antwort nach der bisher im Raume stehenden Frage nach dem »**Warum**« gegeben – warum sind wir so interessiert an den Geschehnissen auf den beiden anderen Erden?

Wir haben uns unserem Schöpfer sehr weit genähert – und doch können wir die von Prinzessin Aphrodite »gesandte« Botschaft des Glücks und auch der Trauer mit unseren Herzen nicht empfangen – hierin sind uns die Wesen auf den primitiven anderen Erden haushoch überlegen ..... **oder hat uns Gott unser eigenes Spiegelbild vor Augen gehalten, indem er unsere Anmaßung, selbst einmal Schöpfer aller Dinge und allen Lebens sein zu wollen, mit dem Verlust der Fähigkeit zum Mitfühlen bestrafte?**

# 26

Die XYZ, die große Ähnlichkeit mit einem Jumbo auf der Menschenerde aufweist, zieht auf etwa 11.000 Metern Höhe ihre Bahn.

Unten im tiefen Blau des Ozeans sieht man manchmal so etwas wie eine weiße Spur – vielleicht das Schraubenwasser eines Riesentankers.

Auch der Himmel ist blau.

In der 1. Klasse sitzt eine junge hübsche Frau. Sie wirkt sehr entspannt und hat sich richtig tief in ihren Riesensessel hineingezogen. Sie macht sich ganz klein – sie lächelt, und ihr Lächeln wirkt zufrieden.

Mit beiden Händen hält sie ein Glas Campari und lässt dabei ein wenig die Eiswürfel klingen.

Sie hat so einen übergroßen Lumberjack an, wohl aus sehr leichtem, seidigem Stoff.

„Blaue Farbe, irgendwie auch passend zu meiner hellen Hose", geht es ihr soeben durch den Kopf.

Der Salon ist spärlich besetzt, nur noch zwei Damen – wohl die Ehefrauen von zwei Geschäftsleuten, die neben ihnen sitzen – befinden sich dort. Beide Männer tragen ein schneeweißes hemdartiges Gewand und kunstvoll gebundenen Turban.

Jetzt steht Janina auf – ja, sie ist die junge Frau – um sich der luftigen Windjacke zu entledigen, denn mittlerweile sorgt die Klimaanlage für angenehme Temperaturen. Der Steward springt sogleich hinzu, um Janina zu helfen.

„May I help you, Miss …", und weiter kommt er nicht , als Janina so in ihrem Kakianzug vor ihm steht – sich etwas dreht, den Rücken zur Entspannung durchdrückt und die Hände hebt – vom Steward vernimmt man nur noch ein pfeifendes Atemgeräusch.

Zur gleichen Zeit stößt der eine »Geschäftsmann« den anderen an, um auf ein ganz ungewöhnliches Schauspiel hinzuweisen.

Janina ist sich natürlich dessen bewusst, was sie in der Männerwelt anrichtet, wenn ihr Busen, weit ausladend unter den abgesetzten Hemdentaschen, derart umwerfend wippt, so dass man den dünnen weichen Stoff des Kakianzugs provozierend knistern hört.

Janina schreitet auf ihre unnachahmliche Art Richtung Waschraum.

Nachdem sie sich frisch gemacht hat, kehrt sie zu ihrem Sitzplatz zurück, wobei sie die beiden Männer freundlich anlächelt und auch deren Frauen.

„Ob ich mir `ne Brustverkleinerung machen lasse? Nein!", gibt sie sich sogleich selbst die Antwort,

„ich bin erst 25 und verkleinern kann man später immer noch. Jetzt bin ich noch jung und sollte das zeigen, was mir mein Schöpfer gegeben hat – doch oh Schreck – wie werde ich einen passenden Bikini finden, wenn ich am weißen Strand der Südsee Urlaub mache? Mit meinem Geld dürfte ich selbst bei meiner ausgefallenen Größe keine Probleme haben. Die Millionen aus dem Huntercoup sind trotz der Erinnerung an all die schrecklichen Ereignisse sehr beruhigend."

Janina setzt sich und zieht eine Zeitung aus der vorderen Netztasche. Sie öffnet das Blatt und augenblicklich wirkt sie wie elektrisiert. Ihr springt förmlich ein Riesenfoto von Prinzessin Aphrodite ins Auge. Und sie liest sogleich, wobei sich ihre Lippen vor lauter Schreck bewegen und sie die Worte murmelnd ausstößt:

„Ist Aphrodite einem Mordanschlag zum Opfer gefallen?", fragt ganz unverblümt der Chefredakteur.

Und der Sprecher des Königshauses gibt auf der gleichen Zeitungsseite sogleich die Antwort:

„Diese Frage ist genauso absurd wie die immer wieder geäußerte Theorie, es gäbe »Außerirdische« und auch »Ufos«!"

Der schöne blonde Fluggast lächelt vielsagend, weil er hinsichtlich der Mordthese zum Tod der Prinzessin Aphrodite wirklich etwas sagen könnte:

„Wenn die wüssten, was ich, Janina, weiß!"

….. „Wenn Janina wüsste, was ich, Imhotep, genannt Immo, weiß – in der zwei Millionen Lichtjahre entfernten Andromeda-Galaxie! Was würde Janina sagen, wenn sie wüsste, wie eng ihr eigenes Leben mit den »Männchen ferner Sterne« verbunden ist? Würde dann das Mädchen, geboren in einer ärmlichen Dorfprovinz, mit dem Wissen um den Tod der Prinzessin immer noch zufrieden lächeln?

Die Beantwortung dieser Frage werde ich dem verehrten Leser selbst überlassen, denn die richtige Antwort weiß auch ich nicht – ich, der Junge vom Milliarden Kilometer entfernten Planeten der »Toraner«, den wir Erde IV nennen." …..

## KINDER in HUNGERSNOT

*HELFEN bringt auch dem Helfenden Zufriedenheit!*

Lesen Sie bitte auch die nächsten Seiten.

- Wir sausen auf teuren Rennrädern aus Carbon durch die Gegend,
- genießen auf chromblitzenden Choppern die herrliche Natur,
- fahren mit PS-starken Nobelkarossen in Urlaub,
- kreuzen mit Segel- und Motorjachten über die Meere,
- fliegen in Sportflugzeugen durch Gottes Himmel

… und das alles nur zum Spaß!

Auf der anderen Seite stirbt alle 3 Sekunden ein Menschenkind, weil es nichts zu trinken und auch nichts zu essen hat.

Tsunamis, Erdbeben und von uns selbst verursachte Katastrophen verstärken dieses unsägliche Leid – und bringen jenen »Ball«, den wir großspurig »Welt«, aber wegen seiner Winzigkeit und Anfälligkeit auch »Erde« nennen, fast zum Zerbrechen!

Genießen wir weiter unseren verdienten Wohlstand, aber öffnen wir auch unser Herz für großes Leid und großes Unrecht, unmittelbar vor der eigenen Haustür!

### *Wechseln wir vom REDEN zum TUN!!!*

Dazu habe ich mir zwei Fragen gestellt:

1. Wie ordne ich meine derzeitige Lebenssituation auf einer Befindlichkeitsskala ein:
   - hervorragend
   - zufriedenstellend
   - einigermaßen
   - schlecht.

2. Kann ich ein wenig an die abgeben, die nicht einmal genug zu Essen und zu Trinken haben?

Die Beurteilung auf der Skala für mich selbst ergibt: **hervorragend.**

Deshalb werde ich von jedem verkauften Buch 25 % meines Autorenhonorars für Kinder verwenden, die sich in Hungersnot befinden.

Ich bitte alle Menschen, sich ebenfalls die Fragen 1 und 2 zu stellen und dann nach einer ehrlichen Antwort den Weg zu einem Spendenkonto zu finden.

Es bedankt sich sehr herzlich Ihr H. Neubacher, Autor.

# Bildnachweis

Abbildung auf Buchumschlag:
- bearbeitetes Foto von einem Gemälde auf Holz, Künstler unbekannt
- Ausschnitt nach „Geburt der Venus" von Sandro Botticelli (1445-1510)

Anmerkung: Das Gemälde des unbekannten Künstlers befindet sich im Besitz des Verfassers Helmar Neubacher


Abbildungen auf den Seiten 6, 8 und 12 nach der Idee des Verfassers Helmar Neubacher.


Foto auf Seite 161 mit freundlicher Genehmigung N. Khoyun, Insel Sylt, Deutschland.